CHARLES AGUIAR

CHARLES AGUIAR

VOLUME 1

Título Original

Max Space

Copyright©2022 by Charles Aguiar

Texto revisado segundo o novo acordo Ortográfico da Língua Portuguesa.

Composição do miolo, revisão e adaptação de layout da capa: Charles Aguiar

IBSN: 978-65-00-46322-4

INTRODUÇÃO

Quando uma poderosa estrela foi destruída por uma energia maléfica, ela teve os seus fragmentos espalhados por todo o universo. Eles acabaram se unindo a hospedeiros vivos e lhes concederam habilidades sobrenaturais. E assim, nasceu a lenda dos *Starborns*.

Tomado por um desejo de evolução, um poderoso guerreiro chamado Morfeo, decide reuni-los a fim de torná-los fortes o suficiente para corrigirem as suas vidas e mudar a política de seus ancestrais.

No planeta Terra, um órfão chamado Max, que também foi contemplado por um dos fragmentos, será abduzido por esses seres, e mesmo sem conhecer as suas habilidades, ele estará disposto a abandonar uma vida de humilhações para encontrar um novo propósito. Motivados pela promessa de Morfeo, os *Starborns* também estarão sob a mira de Sirius, um ditador inescrupuloso cujo possui incríveis habilidades sombrias e pretende corrigir o universo de uma forma sangrenta e impiedosa.

Este é o Max Space, um livro que te levará para lugares primitivos, planetas fantásticos e cidades futurísticas lideradas por poderosas supremacias. A verdadeira aventura pelo espaço, começa aqui.

SUMÁRIO

CINZAS DA PERFEIÇÃO

Há milhares de anos-luz do planeta Terra, em um lugar totalmente desconhecido, havia uma nova galáxia. Nela, se encontrava um sistema solar totalmente diferente daquele que conhecemos, composto por 100 planetas ao redor de uma imensa estrela chamada Xúria.

Banhados constantemente pela luz, eles eram repletos de vida e cada um possuía sua própria característica. Em seus interiores, seres místicos viviam em paz e harmonia sob o brilho de Xúria. As águas eram tão cristalinas que refletiam o próprio azul do céu. As terras verdes decoravam planícies e montanhas. As árvores altas traziam uma refrescância incomparável até mesmo nos dias mais quentes.

A cadeia alimentar não existia ali e todos os seres místicos se alimentavam da energia da estrela Xúria. Algo que lhes dava diversos poderes sobrenaturais e os diferenciavam de qualquer ser vivo que conhecemos. Todos eles estavam num nível superior de inteligência e a igualdade era absoluta.

Aquele sistema solar era aquilo que chamamos de paraíso, uma verdadeira utopia livre de pecados, onde o único papel de todos era simplesmente... Viver em paz.

Mas na escuridão do vácuo profundo, um mal se estabelecia. Raios negros cortavam o espaço com muita velocidade e força. Eles eram conhecidos como energias sombrias, formas de vidas destrutivas que procuravam se saciar da luz.

Após muita procura, esses seres destrutivos encontraram um lugar repleto de vida em meio ao espaço, o sistema de Xúria. Aquele lugar estava exposto e sua luz pura foi o que atraiu as energias sombrias. Milhares delas atacaram a estrela de uma maneira violenta e incessante. Durante vários dias, os planetas viram os céus piscarem e ouviram sons agoniantes. Aquilo, era o caos que dominava o sistema. Montanhas desabaram, mares se revoltaram e pela primeira vez, os seres místicos conheceram a dor.

Diante de um intenso e contínuo sofrimento, a estrela começou a se apagar aos poucos, mas ela não queria se entregar às energias sombrias, pois temia o quão poderosas elas ficariam com tamanho poder. Então, Xúria concentrou suas últimas energias e se explodiu, com isso, destruiu todos os seus planetas e espantou os raios sombrios.

Ali, uma vida divina foi perdida, tudo o que restou foram destroços e poeira espacial num silêncio absoluto em meio ao vácuo do espaço. Aquele que uma vez foi um sistema solar de vida e paz, se tornou um cemitério tenebroso e repleto de ruínas. Naquela escuridão, minúsculas partículas da estrela se espalharam pelo universo, e nelas, eram levadas as heranças de um ser divino repleto de pureza.

E assim surgiu a lenda dos Nascidos da Estrela, também conhecidos como *Starborns*. As histórias relatam a existência de seres vivos que acabaram ganhando as partículas de Xúria quando nasceram, afinal, elas viajaram pelo espaço e encontraram novos planetas habitados.

O que poderia acontecer a um ser vivo se ele obter tamanho poder? O quão grande serão as ações dele quando o controlar? E quais impactos ele traria em mundos divididos entre o bem e o mal?

Essas perguntas possuem várias respostas cujo entram em contexto com uma simples palavra... Evolução.

CAPÍTULO 1: UMA CRIANÇA FORA DO MUNDO

As estrelas, brilhantes e solitárias sobre uma pequena cidade chamada de *Green Eyes,* localizada nos Estados Unidos. No telhado de um orfanato, um garoto estava deitado e olhava para o céu. Em seus olhos verdes, uma certa solidão era transmitida tranquilamente. As roupas velhas, os cabelos castanhos mal cuidados e o corpo magro, lhe caracterizavam como um fraco. Aquele era o Max Jacob, um órfão de 10 anos à espera de uma adoção.

Todas as noites ele se deitava ali e ficava admirando as estrelas, pois sentia que elas eram seus únicos familiares, o que acabou-lhe dando uma fama, "louco das estrelas".

Na escola, Max sempre passava pelos demais alunos com o seu jeito triste e solitário. Ele não tinha amigos e por algum motivo, a sua presença incomodava as pessoas ao seu redor, e essa, era notada apenas pelos valentões do lugar.

No final da aula, gritos eufóricos eram escutados no beco ao lado da escola. Lá, Max apanhava de outros garotos e não tinha forças para se defender. Um dos agressores era gordo e se chamava Billy Guy, também conhecido como o mais perigoso da escola.

Ao voltar atordoado e um pouco ferido para o orfanato, o "louco das estrelas" passou pela recepção onde uma freira mórbida estava lendo a sua bíblia. Ela nunca se importava com a situação do menino e sempre estava intrigada nas histórias do velho testamento.

Ao deitar-se na parte de baixo de seu beliche, Max suspira profundamente numa tentativa de esquecer o dia que teve. Quando olha para cima, ele vê os desenhos mal feitos que fez. Um deles, era de um menino recebendo um presente de seu pai.

Às 2 horas da madrugada, lá estava o Max, deitado no telhado, apoiando a nuca com as mãos e mais uma vez admirando as estrelas. Seu olhar atento e frio combinava com a calmaria daquele lugar.

De repente, uma estrela cadente surge cortando o céu, ela acaba surpreendendo o rapaz e o faz até se sentar. Naquele momento, ele viu uma estrela diferente de todas as outras pela primeira vez em sua vida. Tal sentimento, fez uma lágrima escorrer de seu olho direito, reacendeu o pouco de esperança em seu interior e lhe deu um novo ensinamento... De que tudo podia mudar a qualquer minuto.

No dia seguinte, em sua sala de aula, Max entrava sonolento, todo desajeitado e como sempre, sem cumprimentar ninguém. Os barulhos pelos arredores eram constantes e o clima de bagunça predominava ali.

De repente, alguém surge por trás dele e puxa a sua calça. Com isso, surgem muitas risadas e provocações, o que o deixa bastante assustado. Cercado pelo tumulto, Max rapidamente se recompõem e fica completamente constrangido, em seguida, começa a olhar para os lados. Todos continuavam rindo e debochando de sua situação, os valentões que fizeram tal maldade também se divertiam e um deles era o perigoso Billy Guy. Aquelas gargalhadas contagiantes e infantis, se tornavam maléficas na mente do menino, e diante delas, ele deixa sua mochila cair e corre para fora da sala.

E assim, o tempo passa. No final da aula, Billy e um amigo ainda estavam na quadra da escola. Lá, eles se sentaram em bancos e se divertiam contando histórias:

Billy – Acho que a Daiane está doida comigo.

Michael – Eu soube que ela vai para Nova Iorque no próximo verão.

Billy – Aquela cidade de otário? Meu pai disse que estava lá em 1990 e viu o que aconteceu com ela.

Michael – Meu tio também! Ele disse que os "terroristas" mudaram a cidade.

Billy – Acho que vou contar essa história para a Daiane, quem sabe ela fique com medo e me chama para ir com ela!

Neste momento, os dois dão suas gargalhadas em meio ao silêncio do lugar vazio e quieto. Quando eles se acalmam, o diálogo ressurge:

Michael – Acha que aquele "louco das estrelas" denunciou a gente na diretoria?

Billy – Ele não tem coragem... Se lembra de quando afogamos ele na privada?

Michael – Cara, foi muito engraçado aquilo!

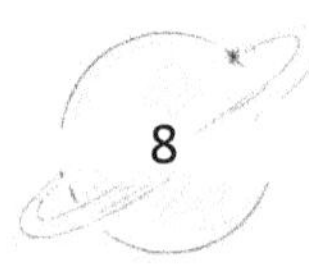

Billy – Então, ele ficou calado e não contou para ninguém. Além do mais, aquele otário mereceu, a presença dele incomoda as pessoas.

Michael – É... Bom, se ele tiver coragem de voltar para a escola amanhã, podemos fazer um "cuecão" nele!

Diante da proposta, Billy fica feliz e cumprimenta Michael dizendo:

Billy – Boa!! E vai ser na frente de todo mundo outra vez!

De repente, uma rajada de água suja é jogada sobre os dois e logo os fazem se levantar gritando. Quando olham para o prédio da escola, vêm o Max segurando o balde e com uma expressão de medo no rosto. Ao perceber o que fez, ele larga o objeto, se vira e corre em direção do edifício, e diante disso, Billy exclama com muita raiva:

Billy – Pega ele!!

Alguns segundos depois, passos rápidos eram escutados em um corredor vazio, onde o "louco das estrelas" fugia e a sua respiração estava ofegante. Não havia outras pessoas pela região e todas as salas estavam fechadas. Então, ele escuta o chamado raivoso ecoando pelo lugar:

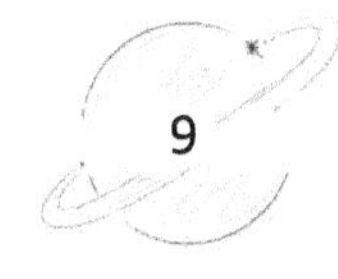

Billy – EI!! Volta aqui!!

Quando olha para trás, vê os dois valentões o perseguindo com rapidez e molhados, ambos furiosos e movidos pela sede de vingança.

Nesta hora, Max vira para uma passagem à esquerda e até se encosta na parede, mas logo volta a correr desesperadamente para se salvar enquanto o seu inimigo gritava mais uma vez:

Billy – Você tá morto "pivete"!! Tá me ouvindo?!

Ainda apavorado, o menino acaba passando por uma estranha "garota" de sua mesma altura e coberta com um manto escuro, mas seu medo era tanto, que ele simplesmente a ignora. Alguns segundos depois, Billy chega se esbarrando nessa misteriosa "pessoa" e também segue direto, sem ao menos se importar com ela.

Naquele momento, o "louco das estrelas" se aproximava das portas do refeitório. De repente, elas são abertas e ele acaba se deparando com outros três garotos altos. Rapidamente, eles vão até o menino e o seguram, e para o seu azar, aqueles também eram amigos de Billy:

Donald – Aonde você pensa que vai?!

Apavorado, Max tenta se soltar e exclama com sua voz um pouco afinada:

Max – Ah! Me soltem!!

Eis que ele acaba levando um forte soco na barriga e cai de joelhos no momento em que Billy e Michael se aproximavam cansados:

Billy – Segurem ele!!

E assim, Max é levantado por dois dos valentões e colocado de frente com o seu maior inimigo cujo mostrava a raiva no rosto molhado. Então, Billy o soca nas costelas e o faz agonizar enquanto os outros começavam a rir da cena. Não havia adultos ali por perto, o que dava bastante tempo para o agressor se vingar:

Billy – Achou que iria conseguir fugir de mim?! Hein?!

Eis que ele soca a barriga de Max e até o empurra para trás enquanto os demais ainda o seguravam e riam ao mesmo tempo:

Billy – Você não devia ter feito aquilo! Agora, vou tornar a sua vida... Um inferno!

Logo a vítima leva um forte soco no rosto e o vira para a direita, onde até escuta um zumbido nos ouvidos ao mesmo tempo em que o sangue começava a escorrer de seu nariz. Então, Billy o pega pelo queixo e o volta para frente, em seguida, ergue a outra mão, fecha os punhos e fala com muita convicção:

Billy – Você vai se arrepender de ter nascido... Louco das estrelas.

Ali, ele respira fundo, pega impulso e se movimenta com muita raiva. De repente, seus dedos param a 5 centímetros do rosto de Max cujo até estava de olhos fechados. Surge um estranho silêncio no lugar, os demais valentões observavam Billy e ficaram confusos, afinal, o braço dele não se movia e estava completamente parado no ar. O agressor se mostrava assustado, seu corpo parecia congelado e ele não conseguia controlá-lo. Neste momento, Max abre os olhos e vê a estranha situação, então, um dos garotos fala:

Donald – Aí Billy... Qual o problema? Acaba com esse otário!!

De repente, Billy se vira para o Donald e lhe soca com muita força no rosto, logo ele o derruba e acaba surpreendendo os demais:

Michael – O que é isso cara?! Ficou doido?!

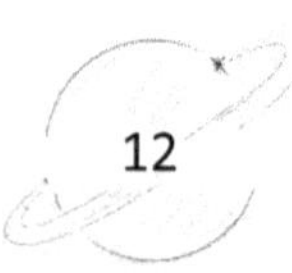

Então, o jovem parte para cima de Michael e lhe chuta na barriga, em seguida, o cabeceia direto no nariz e o desmaia. Quando o corpo cai, os outros valentões partem para o ataque e Max acaba caindo sentado. Ali, ele fica assistindo a intensa briga e ouvindo os gritos enquanto o medo se destacava em seu olhar.

Após alguns segundos de confusão, um dos agressores cai agonizando e Billy era o único que restou de pé, totalmente apavorado e em meio aos amigos derrubados. Então, ele se vira vagarosamente até parar diante de Max, seus olhos nem piscavam e o corpo estava com os membros tortos, como se fosse um boneco.

Diante dele, Max continuava apavorado e apenas esperava pelo pior. De repente, Billy começa a socar o próprio rosto várias vezes com força e rapidez. A cada golpe, ele fechava os olhos e ficava atordoado. Ali, o estranho movimento continuava incessantemente diante do "louco das estrelas" cujo lhe observava boquiaberto. Quando o Billy para de se atacar, ele mostra vários ferimentos em seu rosto enquanto cambaleava para os lados, e assim, o maior valentão da escola acaba caindo duma vez para trás e fica inconsciente.

O silêncio surge no local, e em meio a ele, o "louco das estrelas" começa a se levantar vendo todos os seus inimigos caídos. Ele ainda não entendia o que havia acontecido, mas quando olha para frente do corredor, volta a se assustar. A 10 metros de distância, um manto escuro é jogado no chão onde a estranha "garota" estava posicionada. Ela usava um traje protetor lilás bem ajustado ao corpo, ocultava o rosto com um capacete de viseira rosa e sua pose era muito intimidadora.

Diante do que vê, Max começa a tremer e sua respiração volta a ficar ofegante, pois ele não sabia de onde a estranha veio e o porquê estava ali. Então, ela começa a caminhar em sua direção fazendo barulhos altos com as botas. Os punhos dela estavam fechados, os movimentos eram constantes e sua viseira refletia o brilho do lugar. Amedrontado, Max grita e recua, até se esbarrar em alguém e levar um golpe na nuca que instantaneamente o derruba. Quando caído, todos os sentidos do seu corpo começam a se apagar aos poucos. Pela visão embaçada, ele ainda conseguia ver a criatura de traje lilás se aproximando, mas logo em seguida... tudo se escurece tranquilamente.

O tempo passa, e os olhos verdes se abrem sobre uma respiração fraca num corpo atordoado. Esse era o Max naquele momento, ele estava deitado em um piso marrom e usava um traje de proteção da cor azul-marinho cujo se delineava as curvas de seu corpo e lhe tornava ainda mais magro aparentemente. De repente, o jovem fica assustado e se levanta com rapidez. Ali, ele tenta raciocinar o que aconteceu, e logo nota que à frente se encontravam algumas grades. Totalmente desorientado, o garoto olha para os lados, só então percebe que estava em uma prisão com outras 5 celas entre um corredor.

Ao se sentir apavorado, ele começa a recuar naquele estranho lugar até se esbarrar de costas com uma parede e se virar para ela. Ali, o menino acaba encontrando uma janela de vidro cujo mostrava a escuridão da noite. Tomado por uma intensa curiosidade, ele vai tranquilamente até ela, e com isso, fica em estado de choque.

Naquele momento, Max via uma imensa esfera repleta de vida ficando cada vez mais distante em meio ao espaço. Aquele era o planeta Terra cujo tinha sua imagem refletida nos olhos verdes daquele menino inocente e confuso.

Em meio ao infinito espaço, ele estava dentro de uma grande nave com 100 metros de comprimento. A cor prateada lhe destacava de longe, suas asas laminadas eram articuladas, vários propulsores se encontravam ao seu redor, os detalhes e mecanismos estavam por toda a lataria e a cabine era convexa. Tranquilamente, a nave seguia seu curso cercada por milhares de estrelas distantes e sob o silêncio do vácuo profundo... Rumo a um lugar desconhecido pelo homem.

CAPÍTULO 2: A HERANÇA DE UMA ESTRELA

Olhos verdes arregalados e um sentimento de espanto, era assim que o Max se encontrava na janela de uma nave espacial. Ali, ele olhava para as estrelas em meio à escuridão e ainda não acreditava no que estava acontecendo. Eis que algo lhe incomoda na orelha direita, e quando coloca a mão nela, acaba encontrando um aparelho auditivo. O menino fica ainda mais preocupado com aquilo e tenta retirá-lo, mas logo sente dores e para, afinal, o objeto estava implantado em sua carne. De repente, gritos agudos começam a ser escutados, com isso, o jovem corre assustado até se escorar nas grades.

As portas no fim do corredor são abertas de baixo para cima e dali surge uma criatura invertebrada de quatro braços. Com os seus gritos escandalosos, ela corre em direção da cela de Max e o faz recuar de tão espantado. Logo o perigoso monstro se escora nas grades e tenta alcançá-lo com as suas garras enquanto grunhia um barulho irritante cujo ecoava pelo corredor. Diante dele, o menino continuava apavorado e acaba caindo sentado. De repente, um forte raio de luz vermelha surge explodindo a criatura por inteiro e espalha uma gosma preta pelos arredores.

Em meio ao repentino silêncio, Max acabou se sujando com os restos da criatura e até respirava forte, então, ele escuta o som de botas se aproximando. Naquele corredor, um misterioso sujeito robusto caminhava, ele tinha dois metros de altura, usava um traje de proteção verde-escuro e um capacete cuja a viseira era do formato de uma meia-lua na horizontal. Nas mãos, o estranho trazia uma espécie de canhão de plasma conhecido como Raiot, e com isso, ele para diante de Max.

Ali, o menino estava em estado de choque e nem se mexia direito. Ao perceber isso, o desconhecido suspira profundamente, deixa a arma no chão e começa a retirar o seu capacete. Quando vê o rosto dele, Max arregala os olhos, abre bem a boca e começa a gritar escandalosamente acabando com o silêncio que havia ali. O sujeito à sua frente era careca, tinha a pele acinzentada, olhos azuis e orelhas bem arredondadas. Seu rosto grotesco chegava ser um pouco assustador e sua idade de 33 anos o tornava bastante experiente sobre a vida. Aquele era o Séfi, membro de uma poderosa raça chamada Várvaro.

Logo o Max para de gritar, mas o seu medo continuava se destacando em sua face. Por outro lado, Séfi nem se importava com ele e assim, lhe pergunta com a sua voz forte:

Séfi – Já terminou?

Alguns minutos depois, Max foi deitado sobre uma cama onde dois braços mecânicos passavam pequenos feixes de luz sobre o seu corpo. Naquele momento, ele já estava mais calmo, mas ainda com o rosto amedrontado enquanto escutava a voz de Séfi dizer:

Séfi – Max Jacob, meu nome é Séfi, sou de uma raça antiga intitulada Várvaro. Nosso rastreador nos levou até você... Durante alguns dias, estudamos os seus costumes, a sua rotina e todas as suas habilidades. Você possui um propósito muito importante... Dentre todos os da sua espécie, você foi o escolhido.

Como se estivesse anestesiado, Max começa a conversar com o sujeito:

Max – Por acaso você está tirando os meus órgãos para serem analisados?

Séfi – Não, essa máquina se chama Redentora, ela ameniza seus nervos com a radiação para deixá-lo mais calmo diante desse novo mundo que está conhecendo. Em alguns minutos, tudo vai parecer normal para você.

Max – Vocês são *aliens*?

Séfi – Não nos insulte, esse termo é uma ofensa para todos nós. Achou mesmo que os humanos eram os únicos a viverem no vasto universo?

Ali, os dois estavam na cabine principal da nave. No painel de comando e sentada numa cadeira, se encontrava a estranha de traje lilás cujo nem se importava com eles:

Séfi – Nós usamos um sistema de camuflagem para não sermos detectados pela sua espécie. Também implantamos um tradutor universal em sua mente. Sem ele, você nos escutará falar em línguas estranhas... E isso pode até explodir o seu cérebro.

As pupilas de Max estavam dilatadas em meio à estranha situação:

Max – O que... era aquela coisa que você matou na prisão?

Séfi – Nada demais. Apenas um parasita que estava escondido na nave... parece que ele sentiu o seu cheiro e foi te procurar.

Naquele momento, Séfi operava a Redentora por um computador, quando a desliga, as luzes se apagam e o garoto começa a voltar ao normal. Vagarosamente, ele se senta na cama e coloca a mão na cabeça, mas mesmo se sentindo um pouco mais tranquilo, tudo ainda era muito novo em sua mente:

Max – Ah... E onde nós estamos?

Séfi – Há milhões de estrelas do seu planeta natal.

Ao dizer isso, Séfi se aproxima do jovem mostrando uma intensa seriedade em seu rosto grotesco:

Séfi – Esqueça-se da Terra. Você é um de nós agora.

Ao olhar para ele, Max continuava surpreso, afinal, a sua vida mudou de uma hora para a outra:

Max – Então... Agora eu também sou um *"Power Ranger"*?

Eis que o várvaro fica confuso diante da questão:

Séfi – Um o quê?

Max – *"Power Ranger"*! Sabe... Com essas roupas, capacetes... Aposto que estamos dentro de um *"Megazord"*.

Séfi – Não somos isso, você está dentro da Z-3... E a partir de agora, você é um *Starborn*.

Max – *Star* o quê?

Séfi – *Starborn,* um ser único que possui um poder oculto cujo servirá para transformar o mundo em que vive. Você será guiado para um destino próspero e terá milhões de vidas sob os seus cuidados.

Diante do que escutou, o menino se mostrava muito assustado e seus olhos verdes estavam bastante arregalados:

Max – Do que você está falando?! Olha só para mim! Eu sou fraco e patético! Eu tenho alergia a amendoim e nem os cachorros da rua me respeitam!! Não estou preparado para essa... nova vida.

Séfi – Você é um de nós e vamos prepará-lo de todas as maneiras possíveis para que isso dê certo. Aceite, esse é o seu destino.

Neste momento, Max se cala e fica pensativo, nada daquilo lhe fazia sentido e o medo do desconhecido ainda era forte em seu interior. Ao perceber aquela reação, Séfi suspira profundamente e em seguida, com um jeito calmo, ele volta a falar:

Séfi – Max... Por acaso, você é do tipo que observa as estrelas todas as noites e sente que elas fazem parte de você?

Impressionado, o menino olha diretamente para o várvaro cujo coloca a mão em seu ombro e continua dizendo:

Séfi – Todos nós sentimos isso, o nosso dever está entre as galáxias, não em planetas pequenos e primitivos. Sei que essa mudança é muito difícil de aceitar, mas caso decida abraçá-la, você verá que ela fará todo sentido em sua vida. Para atingirmos os nossos sonhos, precisamos aceitar o risco do desconhecido. Acho que você já tem idade o suficiente para entender isso. E pode ter certeza, eu não o deixarei sozinho nessa jornada.

Tais palavras acabam emocionando o garoto, afinal, na Terra ele não tinha familiares e nem amigos, apenas uma vida comum e humilhante. Naquele momento, Séfi conseguiu lhe acalmar um pouco, ele transmitia a confiança de si como se fosse um irmão mais velho e estava disposto a apoiar o novo integrante do grupo. Eis que os dois escutam a estranha de lilás dizer com a sua voz doce e abafada pelo capacete:

Annes – Chegamos.

Então, o várvaro caminha em direção dela e Max decide lhe acompanhar. Diante do grande vidro convexo, todos começam a ser iluminados por uma luz, e assim, o menino volta a ficar muito surpreso:

Max – Meu... Deus...

A nave Z-3 havia chegado em um imensa massa de poeira espacial alaranjada cujo tinha milhares de pontos brilhantes em todo o seu formato de redemoinho. Aquele gigantesco lugar se estendia por centenas de quilômetros e era conhecido como Olho de Ifrit.

Ao vê-lo pela primeira vez, Max estava até de boca aberta, mas eis que algo chama a sua atenção ao lado. Uma nova nave havia chegado no local e ela era idêntica a Z-3. Logo, outras duas do mesmo modelo também são avistadas pelos arredores, ambas seguindo suavemente pelo calmo e maravilhoso Olho de Ifrit. Acima de todas, se encontrava a única que era diferente, pois possuía o formato da cabeça de um dragão com 2 chifres, tinha 4 asas articuladas e uma ampla cabine com janelas de lado a lado. Aquela era a nave principal, conhecida como Z-1.

Dentro da Z-3, Max continuava de pé e confuso. De repente, Séfi o puxa pelo ombro e o leva até uma cadeira, em seguida, eles escutam a Annes dizer:

Annes – Iniciar o processo de união.

Logo, luzes vermelhas começam a piscar e alertas são emitidos por todo o lugar. Do lado de fora, as naves se movem até ficarem alinhadas, e quando a principal se posiciona na frente, sua parte traseira começa a liberar várias linhas elétricas. As outras fazem o mesmo e dessa forma elas se ligam em meio ao silêncio do vácuo profundo. Ali, o trem espacial *Dragonforce* é composto, ele tinha 500 metros de extensão e sua sombra refletia sob a luz do Olho de Ifrit.

Dentro da Z-3, Max continuava impressionado enquanto as várias linhas de energia brilhavam pelo lado de fora. Então, ele assovia e simplesmente fala:

Max – Viu só? Eu disse que estávamos dentro de um "*Megazord*"!

De repente, algo começa a ser transmitido pela janela convexa, e ali, surge a imagem de um sujeito usando um traje protetor vermelho e um capacete com uma viseira em formato de uma estrela de 4 pontas. Ao vê-lo, Séfi e Annes ficam sérios enquanto o Max ainda estava confuso. Aquele era o Morfeo, líder de todos os *Starborns* e membro de uma raça superior conhecida como Zorn. Ele estava sentado em um trono e se encontrava com as mãos juntas. Quando o vê pela primeira vez, Max fica confuso e conversa com o Séfi:

Max – Aí! Quem é esse?

Séfi – Calado!

Max – "Calado"? Isso aqui para vocês é algum tipo de nome?!

À frente, Morfeo começa a falar com a sua voz forte e calma ao mesmo tempo:

Morfeo – Meus caros *Starborns*... Nos reunimos novamente para concretizar o nosso sonho. Muitos de vocês foram acusados injustamente pela própria civilização, outros foram exilados de suas terras simplesmente por serem diferentes...

De repente, Max olha com raiva para o Séfi e discute com ele:

Max – Aí! Eu não fui exilado do meu planeta! Vocês me sequestraram!

Séfi – Eu já disse para ficar calado!

Enquanto isso, Morfeo continuava em seu discurso:

Morfeo – Mas agora, estamos diante de uma iminente evolução.

Na nave Z-2, mais 3 membros da equipe com trajes coloridos assistiam a transmissão:

Morfeo – Vocês são os herdeiros da extinta estrela Xúria e irão se tornar ainda mais fortes. Serão valorizados da maneira correta e juntos, criarão um novo começo para todos os outros mundos.

Sentado em uma cadeira na Z-4 e com os braços cruzados, um dos seres usava um traje preto e seu capacete tinha chifres. Esse estava muito cético diante da transmissão:

Morfeo – Nosso trabalho ainda está em andamento, pois temos uma missão a ser cumprida. Portanto, eu irei com mais 5 de vocês para um planeta distante. Lá, encontraremos o último membro da nossa equipe.

Na Z-3, Max continuava confuso e mais uma vez tira a atenção de Séfi:

Max – Eu vou ter que assinar alguma lista de chamada? Ou ele simplesmente escolhe a gente?

Ao ouvir aquilo, o várvaro começa a se irritar com o menino.

Na nave Z-5, outros 4 membros assistiam a transmissão, um deles era mais baixo do que os outros:

Morfeo – O planeta está em fase de erradicação e em breve será atingido por um asteroide. O último *Starborn* se encontra lá e não pode morrer dessa maneira, assim como vocês, ele precisa ser comtemplado pela evolução. Portanto, eu selecionei dois capitães, Séfi e Zaira... Vocês podem trazer seus pupilos, partiremos na quarta lua... Enquanto isso, se preparem, temos que terminar esse trabalho o mais rápido possível.

E assim, a transmissão é encerrada. Diante disso, Max volta a conversar com o Séfi:

Max – O que é quarta lua?

Séfi – Não utilizamos o conceito de tempo do seu planeta... Agora venha comigo, precisamos encontrar uma arma adequada para você.

Sem mais delongas, o várvaro caminha enquanto o menino se assustava com a ideia de usar uma arma. Ao lado, Annes continuava olhando seriamente para o painel, ali, ela refletia sobre as palavras de Morfeo.

Certo tempo depois e após percorrer um longo caminho, o trem espacial se desacoplou e a sua parte principal seguia com outras duas para um novo mundo adiante. Elas se aproximavam de um grande planeta repleto de mares, terrenos verdes e uma atmosfera amarelada. Aquele era o Gênesis, cujo destacava o seu esplendor num misterioso sistema solar.

No interior daquele planeta, o clima era quente e o céu amarelado. Pela parte terrestre, centenas de árvores gigantescas e escuras cobriam toda a região. Elas também tinham muitos galhos e seus grossos troncos chegavam a ter 1 quilômetro de extensão.

Vulcões também eram avistados em algumas partes e todos estavam ativos. Aquele perigoso lugar pré-histórico tinha grandes lagos, montanhas e um clima um tanto sufocante. Pelas planícies, diversos dinossauros herbívoros caminhavam em bandos e ecoavam os seus suaves sons por toda a região. Eis que as três naves começam a sobrevoar o lugar, os barulhos dos propulsores eram fortes e todas seguiam em grande velocidade enquanto alguns Pterodátilos as acompanhavam. Em uma das janelas, Max estava muito impressionado, afinal, aquele mundo espetacular e extinto em seu planeta era totalmente novo aos seus olhos.

Certo tempo depois, em uma colina rochosa, as três naves aterrissaram, seus propulsores estavam posicionados na vertical e todos os ocupantes se encontravam do lado de fora. Eles usavam mochilas especiais que lhes forneciam uma quantidade limitada de oxigênio.

Morfeo estava à frente de todos e diante de uma floresta colossal onde surgiam os sons dos animais da região. Eis que seus dois capitães se aproximam por trás. Zaira era uma fêmea de uma raça conhecida como Muyn, seu corpo sedutor se ajustava muito bem em seu traje azul-claro e sua voz grossa lhe tornava uma criatura empoderada:

Zaira – Morfeo, estamos prontos.

Morfeo – Ótimo.

Zaira – Tem certeza de que o último *Starborn* está nesse planeta?

Morfeo – O rastreador nunca mente... Todos vocês receberam um, vamos nos dividir em equipes. Dessa forma encontraremos o nosso alvo rapidamente.

Enquanto isso, próximo das naves, Max também usava um capacete e olhava para uma pequena arma em sua mão esquerda, ela era um estilingue de metal preto com linhas amarelas tracejadas. Na direita ele segurava uma bolsa transparente repleta de esferas coloridas e estava indignado com aquilo:

Max – Só pode ser brincadeira.

Eis que outro ser se aproxima pelo seu lado, esse era da mesma altura que ele, tinha um traje verde-claro e um cinto com uma esfera azul na fivela. Ali, ele fica olhando atentamente para o Max e inclina sua cabeça para o lado, até conseguir incomodá-lo com o seu jeito estranho:

Max – Ah... Algum problema?

Quando questionado, o *Starborn* fala com a sua voz infantil e um pouco afinada:

Xino – Por acaso isso é um disparador de elétrons?

Max – Para mim é só um estilingue!

Xino – Ah sim... Você faz parte da equipe da Annes?

Max – Tá falando da de lilás? Acho que sim.

Xino – Uau! Isso é incrível!! Eu daria qualquer coisa para estar com ela!

Max – Ah... E quem é você?

Xino – Sou o Xino, da raça Bastet, do planeta Orizon localizado na terceira estrela do quadrante Zénar!

Ao ouvir tantas informações, o menino fica confuso, mesmo assim, continua dialogando com o novo parceiro:

Max – Hum... prazer.

Xino – Você é o terráqueo, certo? A Zaira disse que a sua espécie é primitiva e muito fanática!

Max – Digamos que cada um tem o seu conceito de visão.

Xino – O que é conceito?

Neste momento, Max fica um pouco desconfortável com o questionamento. Eis que o Séfi se aproxima deles e os surpreende:

Séfi – Max, você e o Xino vão para o lado oeste, essa é uma área tranquila e sem muitos perigos. Você tem um rastreador na mochila e ele apontará o único ser que estamos procurando nesse mundo. Em caso de problemas, entrem em contato conosco que iremos ajudá-los o mais rápido possível.

Max – Vai me deixar sozinho com esse garoto na minha primeira missão?

Séfi – O Xino é um dos nossos melhores mecânicos e atiradores, você vai ficar bem.

Ao ouvir aquilo, Max se vira e olha para o Xino cujo acenava rapidamente para ele.

Algum tempo depois, os rangeres de pequenos animais ecoavam por entre as árvores gigantescas. Os arbustos venenosos com flores escuras traziam um certo tom de terror ao lugar. Ali, Max olhava para uma espécie de tablet que transmitia um ponto vermelho em um radar azul. Logo atrás vinha o Xino, totalmente tranquilo, dando pequenos pulos a cada passo e conversando com seu mais novo amigo:

Xino – Você ajustou o rastreador para o ponto certo?

Max – Acho que sim, eu só apertei o botão de ligar. Espero que nenhum dinossauro pise em nós.

Xino – O que é dinossauro?

Max – Ah... Esses monstros desse planeta, no meu mundo, chamamos eles de dinossauros ...

Xino – Hum... E em seu planeta... eles pisam em vocês?

Max – Não, todos foram extintos, os humanos são os seres dominantes.

Xino – A Zaira falou que eles estão em guerra com o planeta. Quando eles prejudicam o meio-ambiente, recebem uma dúzia de catástrofes como contra-ataque.

Max – Uau... Vocês se ocuparam mesmo com o "dever de casa".

Xino – O que é dever de casa?

Mais uma vez, o menino se irrita com os questionamentos do seu parceiro, mas mesmo assim, continua seguindo em frente.

Ao leste dali e entre uma mata fechada, Séfi carregava sua arma Raiot e também usava um rastreador cujo localizava um ponto vermelho. Logo atrás, Annes o acompanhava e estava séria:

Séfi – Você não tem falado muito desde que voltamos da Terra.

Annes – É que... Tudo está acontecendo muito rápido. Em breve estaremos todos reunidos... Mas o que acontecerá depois? O Morfeo não foi totalmente claro conosco.

Sob os sons de animais estranhos, o várvaro continuava calmo:

Séfi – Morfeo é um ser de palavra, ele jamais mentiu para mim. E é graças a ele que você está viva hoje.

Naquela hora, Annes continuava séria e pensativa sobre o seu futuro. Eis que os dois se deparam com Morfeo e Zaira próximos à uma grande árvore, eles também usavam um rastreador. Quando todos se encontram, surge a conversa:

Morfeo – Parece que estamos no caminho certo.

Séfi – Sim, mas ainda não vejo a criatura.

Morfeo – Provavelmente ela está nos observando. Acho que já podemos traçar um plano de captura.

Neste momento, Séfi olha para trás, afinal, ele estava preocupado com o seu pupilo cujo não havia chegado no mesmo local.

Enquanto isso, numa área com muitos arbustos e árvores, Max e Xino ainda seguiam as coordenadas do rastreador:

Xino – Aí, você sabia que a Annes tem o poder de controlar o corpo de outros seres como se fossem marionetes? Ela só precisa tocá-los antes.

Max – Hum... Isso explica o porquê o Billy bateu nos próprios amigos.

Xino – Quem é Billy?

Logo o som de um pequeno sino começa a ser escutado, em seguida, um vagalume dourado voa suavemente de um arbusto e acaba chamando a atenção de Max, com isso, ele e Xino param de caminhar.

Outros insetos luminosos também surgiam ali, e aos poucos, todos começavam a rodear os jovens fazendo seus pequenos sinos cantarem uma melodia suave. Os vagalumes curiosos voavam com graça e tranquilidade e em pouco tempo, dezenas deles cercavam Max e Xino cujo estavam encantados com tamanha beleza.

Quando surge um sopro de vento, todos os insetos são levados para o alto e acabam formando um círculo de pontos dourados enquanto os seus pequenos sinos ainda tocavam. Os jovens olhavam admirados para a maravilhosa cena, os pequenos seres bailavam em pleno ar com os seus suaves sons e traziam uma certa magia ao lugar. E assim, numa perfeita tranquilidade, todos deixam o vento lhes levar em sua linda sincronia. Quando o último vai embora, o silêncio surge entre os dois *Starborns*. Por mais que aquele mundo fosse primitivo e perigoso, ele ainda tinha suas maravilhas escondidas:

Xino – Uau... isso foi... incrível.

De repente, o rastreador começa a apitar alto e os deixa atentos. Seu barulho forte chegava a ser incômodo e logo o menino bate com a mão nele numa tentativa de desligá-lo:

Max – Aí! Qual o problema com essa coisa afinal?!

Xino – Você tem certeza de que regulou ele da maneira correta?

Max – É claro!! O Séfi disse para ficar atento quando um grande ponto surgisse no radar!

Eis que um leve tremor de terra é sentido sob os seus pés, em seguida surge outro cujo o deixa atento, e conforme o tempo, eles vão aumentando cada vez mais. Apreensivos, Max e Xino olham para frente e começam a escutarem os sons de galhos sendo quebrados, como se algo monstruoso estivesse chegando ali:

Xino – Olha... A boa notícia, é que o aparelho estava certo... A má, é que você nos levou para uma armadilha.

De repente, uma grande pata surge amassando a terra diante dos dois e os assusta, então, eles olham vagarosamente para o alto. Ali havia chegado um réptil com 10 metros de comprimento, focinho alongado, escamas acinzentadas, braços pequenos, calda longa e grandes prolongações espinhais nas vértebras de suas costas. Aquele era um Espinossauro, um predador medonho cujo olhava com muita atenção para os jovens.

O clima de tensão já tomava conta do local onde Max e Xino estavam muito surpresos. A grandeza daquele monstro era bastante intimidadora, os dentes afiados eram vistos para fora de sua boca e o seu olhar assassino mirava intensamente em suas presas. Diante disso, o menino fala transmitindo o medo em sua voz:

Max – Aí... Eu soube que antigamente... Esse tipo de dinossauro só se alimentava de peixes ...

Eis que o Espinossauro começa a rugir um som tão aterrorizante cujo até espanta os pássaros nas árvores ao redor.

Longe dali, Morfeo e os outros escutam o barulho e olham para o leste. De repente, um grande e pesado primata surge caindo por entre os galhos, aterrissa atrás de Morfeo, lhe acerta com as duas mãos num poderoso golpe e o manda para o lado em grande velocidade. O líder dos *Starborns* acaba indo para o meio dos arbustos e some de vista enquanto os demais se viravam assustados para o novo inimigo. Esse tinha 5 metros de altura, grandes músculos por todo o corpo coberto de pelos marrons e o seu rosto era de um gorila muito raivoso.

Assustado, Séfi prepara a sua Raiot e encara o Créb, o tão procurado *Starborn* cujo rangia ferozmente e estava pronto para a batalha.

Irritada com a queda do líder, Zaira grita:

Zaira – Ora seu! Você vai pagar por isso!!

E assim, ela estende os braços e começa a usar a sua habilidade especial de *Starborn*. Então, o ar em volta das grossas pernas do primata se cristalizam em grandes placas de diamante.

Ao ver isso, ele bate nos peitos, ruge euforicamente, as destrói com dois socos e em seguida corre para o ataque. Zaira acaba ficando assustada e logo o Créb chega lhe atacando por cima, mas em grande velocidade, ela realiza um salto giratório para trás e escapa do golpe cujo acaba se afundando na terra. Ainda irritada, a guerreira volta a usar o seu poder e começa a lançar grandes esferas de diamante em Créb, o fazendo recuar e se defender com os braços.

À uma certa distância, Séfi e Annes olhavam apreensivos para a luta enquanto ouviam os sons dos objetos cortando o ar e do primata agonizando:

Annes – Ei! Se eu usar o meu poder, posso acabar com isso em um minuto!!

Séfi – Não!! A Zaira e eu damos conta dele! Encontre os garotos e os traga aqui!! Vai!

Ao receber a ordem, Annes fica um pouco indignada, mas mesmo assim, ela estende os braços num movimento elegante e em seguida, começa a levitar suavemente e com uma beleza incomparável. De repente, a jovem voa rapidamente para o alto e deixa o Séfi assistindo a batalha.

A técnica de Zaira era tão espetacular, que o ar se cristalizava rapidamente em meio ao trajeto e acertava o alvo com muita precisão. Várias esferas já estavam espalhadas pelos arredores, a guerreira era insistente e logo grita ao mandar mais uma delas, mas no exato momento em que essa se aproxima de Créb, ele consegue segurá-la apenas com uma mão, e isso, surpreende a Zaira de uma maneira que ela jamais esperava:

Zaira – Pelos deuses ...

Eis que o seu inimigo ruge ferozmente e envia a esfera de volta. Rapidamente, a guerreira realiza um salto de 5 metros para o lado e escapa do ataque. De repente, Créb se aproxima em grande velocidade lhe chutando com muita força pelo lado, e assim, ela é lançada pelo ar até colidir de costas com uma árvore e cair entre alguns arbustos.

Longe dali, gritos de crianças eram escutados no meio das árvores, onde Max e Xino corriam desesperadamente enquanto o Espinossauro os perseguia com passos vagarosos, mas longos o suficiente para acompanhá-los aos poucos. Faminto, ele atravessava os galhos e empurrava alguns com a cabeça. Dez metros à frente, os jovens fugiam com muito medo e gritando, logo eles saltam sobre uma grossa raiz e continuam correndo.

Brevemente, o menino olha para trás e vê o Espinossauro se aproximando com os seus dentes afiados. Ali, o perigo se tornava cada vez maior e logo o monstro volta a rugir.

Enquanto isso, Séfi usava a sua Raiot e disparava raios vermelhos contra o Créb cujo corria em sua direção e se protegia com os braços. Ao chegar bem perto, o primata realiza um pesado soco por cima, mas logo o várvaro larga a arma e com as duas mãos ele consegue segurar o poderoso golpe. Naquele momento, seus músculos estavam mais estufados e ele se esforçava bastante, aquela era a sua técnica especial, a super força. Eis que o Séfi empurra o braço do inimigo e o afasta, em seguida, pega impulso, realiza um grande salto até ele, o acerta com o seu próprio corpo e o derruba.

Mesmo atordoado, Créb rola para trás e se levanta ainda mais irritado, então, ele corre rugindo até seu rival e inicia uma sequência de socos pelo alto. Com uma grande habilidade, Séfi começa a se esquivar para os lados e escapa dos golpes cujo tiravam a terra do chão. Surgia muito barulho ali enquanto o primata rugia e golpeava incansavelmente, a poeira formada lhe cobria por completo e aos poucos o sumia de vista. De repente, Créb agoniza e em seguida acaba sendo empurrado com muita força até cair se arrastando de costas pela terra. Ali, ele fica um pouco atordoado e quando olha para cima, vê o Séfi vindo num grande salto pelo ar e caindo em sua direção. O várvaro era bastante poderoso e se sentia muito confiante naquela luta, mas assim que se aproxima, o animal consegue pegá-lo com a mão esquerda e imobilizá-lo:

Séfi – AH!!

Logo o Créb se levanta, lhe segura com as duas mãos e começa a apertá-lo. Ali, Séfi até tenta se soltar, mas tomado por uma intensa raiva, o primata rangia os seus dentes afiados e o feria cada vez mais. Naquele perigoso momento, o *Starborn* não conseguia reagir e o seu traje começava a fazer barulhos de trincas.

De repente, Morfeo surge saltando até o rosto de Créb e o corta de cima para baixo com uma lâmina vermelha cujo brilhava no ar, com isso, ele salva o várvaro e faz o inimigo se afastar agonizando. Quando cai no chão e escuta os gritos do animal, Séfi olha para o lado onde Morfeo aterrissa segurando uma espada que ele mesmo materializou. A arma tinha detalhes pretos em seu meio, 2 metros de comprimento e faíscas vermelhas saindo de suas extremidades.

Atordoado, Séfi se levanta e fica ao lado do amigo, juntos, eles vêm o Créb agonizando e recuando com a mão no rosto por onde escorria muito sangue. Então, Morfeo fala com muita calma e convicção:

Morfeo – Cuide da Zaira... Eu vou acabar com isso.

E neste momento, é possível ver seus olhos brilharem de vermelho por trás da viseira de seu capacete.

Enquanto isso, barulhos de fortes tremores ainda eram escutados na floresta e mais um monstruoso rugido ecoava. Lá, Max e Xino continuavam correndo entre as árvores enquanto o Espinossauro ainda os perseguia e deixava um rastro de destruição:

Max – Esse tipo de coisa acontece todos os dias com vocês?!

Xino – Para ser sincero! É a primeira vez!!

Logo os *Starborns* chegam em uma grande área cercada por barrancos altos e com várias árvores no topo. Ainda apavorados, eles param e olham para os lados a procura de uma saída:

Max – Droga! O que vamos fazer agora?!

Mas ali, os dois estavam encurralados e o rugido do inimigo surgia mais alto. Quando eles se viram amedrontados, se deparam com o Espinossauro chegando no local. Ele estava muito furioso e rapidamente se aproxima com bastante ferocidade, e assim, os ataca com a sua poderosa mordida fazendo o silêncio surgir logo em seguida.

Ali, a criatura fica rosnando em meio à densa poeira que ela mesma causou, depois, esforça a boca e move os braços enquanto ainda atacava suas presas. Eis que o dinossauro se ergue segurando uma estranha esfera de energia azul entre seus dentes onde surgiam gritos abafados. Dentro dela, os jovens estavam desesperados e protegidos num campo de força cujo foi criado pelo cinto especial de Xino. Dali, eles conseguiam ver a garganta do animal que tentava engoli-los a todo custo.

O Espinossauro acaba se incomodando e lança a esfera de energia para o lado. Em pleno ar, os jovens gritavam escandalosamente e logo ela chega quicando suavemente pela terra até seguir rolando enquanto eles embolavam os seus corpos durante o fluxo. A esfera para, e os dois acabam ficando atordoados mesmo ela tendo propriedades gravitacionais que aliviavam o impacto. Quando o menino olha para fora, volta a se assustar e grita para o seu parceiro:

Max – Se segura aí!!

De repente, o Espinossauro se aproxima cabeceando a esfera para o lado e a lançando novamente até fazê-la quicar em algumas pequenas rochas. Em seguida, ela se colide num barranco e quando volta rolando, o inimigo ressurge lhe acertando com a cauda fazendo-a girar pelo piso como se fosse um pião. Naquele momento, os gritos dos jovens ainda eram intensos e eles rodavam com o campo de força. A esfera bate numa rocha e logo volta girando pelo lugar, até o Espinossauro colocar a pata direita sobre ela e fazer os *Starborns* se embolarem entre si. Ali, o seu domínio ainda era absoluto, então, ele ruge bem alto e começa a esmagá-la enquanto Max e Xino olhavam apavorados para os arredores:

Xino – Ah! Se esse monstro continuar nos pisando dessa forma, o campo de força não vai aguentar!!

Max – Como assim?!

Xino – Ele já está em 30% de resistência!!

Sob aquele peso, ela começa a ser a amassada e a se alongar para o lado enquanto os jovens gritavam mais alto em meio ao perigo. De repente, o dinossauro inclina a pata um pouco para o lado e acaba disparando a esfera, com isso, ela rola em grande velocidade e se afasta dele, até se desfazer por completo e deixar os jovens rolando pela terra:

Xino – Ou! Que sorte!!

Juntos e atordoados, eles se levantam e rapidamente se preparam, pois lá vinha o Espinossauro, estremecendo o chão com suas pisadas, rugindo bem alto e esticando a cabeça para finalmente pegar as suas presas. E neste breve momento de perigo, Max exclama:

Max – Acho que a nossa sorte acabou!

De repente, Annes surge voando em grande velocidade pela esquerda do inimigo e desliza a mão sobre as suas escamas até ultrapassá-lo com muita rapidez. Amedrontados, Max e Xino nem conseguiam se mexer, mas eis que a guerreira aterrissa com muito estilo diante deles e estica o braço direito com o punho fechado. Neste mesmo instante, o monstro para de correr duma só vez, levanta muita poeira e fica à apenas dois metros de distância dos jovens.

Ali, surge um absoluto silêncio, pois o corpo dele estava imóvel, somente os olhos se mexiam e a boca aberta mostrava a saliva escorrendo pelos dentes. Quando a Annes simplesmente lhe aponta o dedo indicador, ele imediatamente decola para trás e o seu rugido ecoa pelo ar. O som fica até decrescente e logo o monstro cai entre as árvores formando uma grande nuvem de poeira.

Naquela hora, Max e Xino continuavam muito surpresos enquanto a Annes se posicionava diante deles e mostrava a sua tranquilidade. Então, ela e o menino conversam:

Annes – Vocês estão bem?

Max – Sim... Como nos encontrou?

Annes – Foi fácil... Eu segui os seus gritos.

Ao ouvir aquilo, Xino se encanta ainda mais com a guerreira e até faz um barulho fanho com o seu suspiro.

Longe dali, o Créb ainda agonizava e quando abaixa a mão ensanguentada, revela o corte vertical entre os seus olhos. Ao olhar com muita raiva para frente, ele avista Morfeo vindo andando em sua direção, segurando a espada materializada e o intimidando apenas com os seus movimentos. Então, Créb ruge bem alto e corre para o ataque transmitindo o ódio em seu olhar.

Quando se aproxima do alvo, o primata tenta pisoteá-lo com muita força, mas ele se esquiva para o lado esquerdo como se fosse uma forte ventania e realiza um grande salto sobre a sua cabeça. Em pleno ar, a lâmina vermelha se estica igual a um longo chicote e rapidamente se enrola em todo corpo do animal. Ao aterrissar do outro lado, Morfeo segura a espada com as duas mãos e a puxa para a esquerda, e assim, acaba levando o Créb para aquela direção. Logo o solta fazendo ele ser lançado e cair se arrastando pela terra. Mesmo um pouco atordoado, o animal se levanta e acaba encontrando umas das esferas de diamante que a Zaira criou.

À frente, Morfeo já corria com a sua espada em tamanho normal e mostrava uma coragem fora do comum. Eis que se depara com o mineral cristalizado se aproximando pelo alto, então, ele salta e quando chega no grande objeto, o parte em dois com a sua lâmina vermelha. Ali, o zorn nem fazia muito esforço e mostrava apenas uma pequena parcela de seu verdadeiro poder.

Assim que Morfeo aterrissa, ele pega bastante impulso e novamente salta, dessa vez, com muito mais velocidade do que antes. Ao ver aquilo, Créb se surpreende, mas logo é chutado direto no rosto numa brutalidade tão intensa, que o faz até fechar os olhos e espirrar o sangue de seu corte. Então, ele cai para trás e levanta bastante poeira enquanto que com muita leveza, Morfeo aterrissa adiante destacando a sua superioridade. Ali, ele percebe que o monstro havia sido derrotado e aos poucos perdia a consciência, e assim, surge o silêncio em meio à floresta gigante.

Neste momento, a espada vermelha se desfaz em brasas e Morfeo se acalma. Ao lado, Séfi se aproxima com a Zaira apoiada em seus ombros, ambos impressionados com o que ele fez:

Morfeo – Vocês estão bem?

Séfi – Sim.

Morfeo – Ótimo, da próxima, vez fiquem mais espertos... Os inimigos que iremos enfrentar no futuro serão muito mais fortes do que esse.

Sem mais delongas, o líder do grupo começa a se afastar. Ao ver isso, Zaira fica indignada e se solta de seu parceiro dizendo num certo tom de arrogância:

Zaira – Não preciso mais da sua ajuda.

Em seguida, ela caminha cambaleante e vai atrás de Morfeo. Séfi fica irritado com aquela atitude, mas acaba sendo surpreendido quando a Annes aterrissa ao lado trazendo os jovens a salvo. Ali, Max e Xino conversavam euforicamente:

Max – Cara! Nunca pensei em voar dessa maneira!

Xino – Eu também não! Isso foi incrível!

Max – Tipo, eu assisti muito *Dragonball Z* e até tentei fazer isso um dia, mas acabei levando alguns pontos na cabeça!!

Xino – O que são pontos?!

Neste momento, Séfi caminha bravo até eles e os questiona:

Séfi – Ei! O que vocês estavam fazendo nesse tempo todo?!

Com o encontro, Max e Xino se olham brevemente, em seguida, tentam se explicar:

Max – A gente foi atacado por um dinossauro gigante!! Se não fosse a Annes, nós estaríamos mortos!

Séfi – E por que não entraram em contato conosco?!

Max – O medo não deixou?! Parecia que estávamos num filme de cinema!!

Xino – O que é cinema?

Diante da inocência dos jovens, Séfi coloca a mão no capacete e suspira profundamente enquanto a Annes os observava com muita calma.

Eles ainda não sabiam, mas havia uma pequena esfera cinza com uma câmera os vigiando à distância. Ali, ela levitava tranquilamente e quando fecha a sua lente, surgem pequenos propulsores pelos seus arredores. De repente, aquele estranho equipamento se movimenta para o alto na velocidade da luz.

A esfera cruza o céu, passa pela atmosfera e sai do planeta. Algum tempo depois, ela entrou em um outro lugar e começava a perder a velocidade, pois se aproximava de uma gigantesca nave negra no céu. Essa tinha 200 metros de comprimento, 100 de largura, possuía grandes propulsores e em suas asas articuladas haviam canhões. A frente do centro de operações era convexa e em todo seu restante retangular se encontravam detalhes tracejados. Aquela era conhecida como a temida Predadora da Escuridão, uma nave criada para o combate e muito poderosa.

Algum tempo depois em seu interior, a pequena esfera com câmera levitava até parar numa mão robótica, e assim, surge uma voz grave e eletrônica dizendo:

Megano – Senhor... O Morfeo foi visto no planeta Gênesis, parece que ele encontrou o último *Starborn* que tanto procurava.

Naquele momento, um cão negro com 7 metros de comprimento estava dormindo, seus músculos se destacavam por seu corpo, nas orelhas pontudas haviam cicatrizes e sua respiração forte levantava até a poeira do chão, seu nome era Cérbero. Em sua frente, havia alguém sentado em uma grande poltrona cinza que ficava diante da janela principal da nave. Seus olhos eram completamente negros e ao saber da nova notícia, ele fala com a sua voz sombria e calma:

Sirius – Hum... Interessante... Envie as Ceifadoras... Preciso ter uma breve conversa com o meu querido irmão.

Abaixo, dezenas de prédios pegavam fogo, pois a nave colossal incendiou toda uma cidade. Entre alguns escombros, era possível encontrar o braço de uma criança carbonizada estendendo a mão para o céu enquanto todo o restante de seu corpo estava subterrado.

CAPÍTULO 3: DIFERENTES IDEOLOGIAS

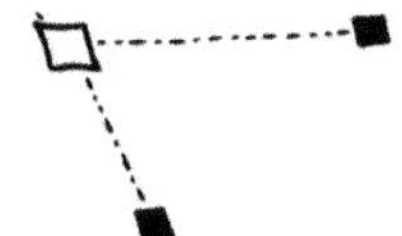

Em meio ao vazio do espaço escuro, a *Dragonforce* estava toda acoplada e se distanciava do planeta Gênesis. No interior da Z-3, o Créb foi colocado inconsciente dentro de uma das jaulas da prisão. Sua respiração era profunda e ali ele dormia sob efeitos de tranquilizantes pesados. No corredor, Max o olhava e se sentia impressionado com a sua forma física:

Max – Nossa... Tanto trabalho para capturar um "Pé Grande".

Eis que a voz de Xino é escutada:

Xino – O Séfi disse que ele está sedado, só vai acordar daqui a 10 luas.

Quando o menino se vira e olha para o amigo, acaba se surpreendendo, pois ele estava sem capacete e mostrava a sua face. O bastet tinha 10 anos de idade, olhos acinzentados com pupilas de gato, pele azul-clara, orelhas pontudas e cabelos

negros um pouco espetados. Diante dele, Max se segura para não
rir e até o deixa confuso:

Xino – Qual o problema?

Max – Aí... Você parece um gato!

Xino – Não pareço não! Eu nem sei o que é um gato!

Max – Então como sabe que não parece?!

Aquela conversa confusa acaba fazendo o Xino abaixar a
orelha esquerda:

Max – Isso explica muito sobre você.

Xino – O que quer dizer?

Max – Você faz muitas perguntas e é curioso como um gato.
Agora só falta falar que tem mais de uma vida.

Ao ouvir aquilo, o bastet fica um tanto nervoso e logo fala:

Xino – Só não vou te responder mais, por que não entendo
nada do que está falando.

Sob um clima agradável, os dois começam a caminhar pelo
lugar:

Max – E então? Aquele campo de força que você criou com esse seu cinto estranho, como ele funciona?

Xino – Ah... Ele simplesmente reúne todas as moléculas de ar ao meu redor e as transforma em uma massa de energia.

Max – Uau. De onde eu venho, isso não faria sentido algum.

Xino – Você ainda não viu nada. Sabia que o Morfeo pode materializar armas e bombas apenas com a força da mente?

Ao ouvir isso, Max fica incomodado e o responde:

Max – Nossa, quanto mais eu aprendo sobre vocês, mas eu fico confuso.

De repente, sons de alerta começam a tocar por toda a nave e os fazem olharem assustados para o alto. Aqueles barulhos constantes ecoavam de uma maneira intensa e indicavam algo muito importante:

Max – E agora? O que é isso?

Xino – Temos problemas!

Na cabine principal da Z-3, Annes estava sentada diante do painel e via o radar indicando um grande ponto. Preocupado, Séfi se aproxima pelo lado dela:

Séfi – O que houve?

Annes – Alerta de aproximação!

Naquele exato momento, dezenas de pequenas naves negras se aproximavam pela frente da *Dragonforce*. Todas tinham um formato oval, se moviam devagar e em suas latarias haviam armas. Juntas, elas bloqueiam o caminho do trem espacial em meio ao silêncio do espaço.

Na Z-1, Morfeo se encontrava de pé e diante da janela principal enquanto a Zaira estava no comando dos painéis:

Zaira – O que são essas coisas?

Morfeo – Naves mensageiras conhecidas como Ceifadoras. Parece que o meu irmão quer bater um papo conosco.

Eis que uma das inimigas emite dois raios de luz, um sai de sua traseira e segue pelo espaço numa enorme velocidade, o outro vai até a frente da *Dragonforce* e se conecta nela. E assim, surge uma transmissão nas janelas de todas as suas partes. Logo o Morfeo fica irritado, pois se deparava com a metade de um rosto branco no telão. Aquele era o Sirius, seu irmão mais velho cujo tinha uma voz sombria e calma:

Sirius – Ah... Morfeo... Estive me perguntando por onde você andava.

Naquele momento, o segundo raio de luz já estava conectado à gigantesca nave intitulada Predadora da Escuridão. Dentro dela, a imagem de Morfeo surgia por completo na janela principal enquanto o Sirius estava em seu trono e a assistia:

Morfeo – O que procura aqui?

Sirius – Soube que você reuniu um exército. Então decidi enviar as minhas Ceifadoras para lhe transmitir os meus parabéns.

Morfeo – Hum, pelo visto você quer me parabenizar bastante.

Do lado de fora da *Dragonforce*, as Ceifadoras ainda estavam a postos. Na Z-3, Séfi e Annes também viam a transmissão pelo telão. De repente, eles escutam o Max falar de um jeito animado lá atrás:

Max – Legal! Vamos ter uma batalha espacial!

Quando se viram, eles vêm o menino ao lado de Xino, ambos se mostrando impressionados.

Enquanto isso, bem atrás de Sirius havia uma grande estante onde dezenas de cabeças degoladas estavam presas, todas de seres diferentes:

Sirius – Irmão, você sabe que a Alexia e eu nunca aprovaremos essa sua ideia.

Morfeo – Sim, mas também sei que ela nunca aprovou as suas ideias. Somos três irmãos com ideologias diferentes.

Sirius – Eu vejo de outra forma... Eu sou o irmão mais velho cujo tem um pensamento mais evoluído do que vocês.

Morfeo – E desde quando o genocídio se tornou um pensamento evoluído?

Ao escutar aquilo, Sirius mostra um sorriso enquanto seu grande cão Cérbero começava a caminhar lá atrás:

Sirius – E como sempre, você é o mais ingênuo. Mas chega de papo e vamos direto ao ponto. Quero que você volte para cada planeta em que encontrou esses "degenerados" e os coloque em seus devidos lugares. Se fizer isso, eu não irei destruí-los.

No interior da *Dragonforce*, todos estavam irritados com a arrogância do inimigo, mas ele, insistia em suas provocações:

Sirius – Afinal de contas... O que eles estão fazendo? Seguindo um falso líder cujo promete sonhos perdidos nas cinzas? Deviam estar no mundo deles, cuidando de suas vidas miseráveis e patéticas.

Naquele momento, Séfi apertava os punhos com força enquanto sentia uma grande raiva daquele sujeito. Ao seu lado, Annes continuava calma, mas lá atrás, Max e Xino comentavam sobre os insultos:

Xino – Quem esse "cara pálida" pensa que é?!

Max – Relaxa... Eu já estou acostumado com esse tipo de *Bullying*.

Na nave principal, Morfeo continuava atento as palavras de seu irmão:

Sirius – Esse é o meu último aviso... Desistam desse objetivo inútil e desastroso. Caso contrário... Eu irei destruir todos vocês.

De repente, todas as Ceifadoras começam a apontar os seus canhões para o trem espacial, elas eram muitas e estavam numa grande vantagem ali. Diante disso, Morfeo continuava sério, então, ele retira seu capacete com muita tranquilidade, e assim, revela seu rosto pálido cujo estava de olhos fechados.

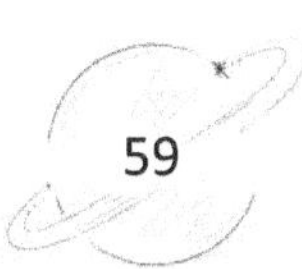

O zorn tinha 45 anos de idade, seus cabelos negros eram longos e bem lisos destacando até um pouco das orelhas pontudas.

Então, em meio à situação tensa, Morfeo fala com muita calma para todos escutarem:

Morfeo – Sirius, eu não vou desistir dos sonhos dessas nobres criaturas... Elas são nascidas da estrela e possuem um papel fundamental neste universo. Se você tentar nos impedir, encontrará a sua perdição.

De repente, Morfeo abre os seus olhos cujo eram completamente vermelhos e mostravam uma determinação fora do comum. Enquanto isso, o silêncio predominava nos outros setores do trem espacial, afinal, todos os *Starborns* estavam admirados com a postura do líder cujo estava disposto a protegê-los a qualquer custo. Até mesmo o Max conseguia sentir uma grande confiança nele.

Ao ver isso, Sirius acaba rindo de uma maneira muito provocante, em seguida, ele fala:

Sirius – Ok... A escolha foi sua.

De repente, a transmissão é encerrada e todas as Ceifadoras voam em grande velocidade para os arredores da *Dragonforce* até começarem a cercá-la. Seus movimentos eram muito precisos e juntas elas dominavam o alvo com facilidade. Eis que o líder dos *Starborns* dá a ordem:

Morfeo – Zaira! Ativar os escudos e realizar a manobra evasiva 12!

Então, a guerreira obedece e faz o comando, com isso, todo o trem espacial é envolvido por uma camada azul e voa para baixo enquanto as Ceifadoras começavam a lhe disparar poderosos raios roxos. Em meio ao espaço, a *Dragonforce* se movia com muita rapidez e o escudo lhe protegia dos fortes impactos que acertavam a sua estrutura.

Na Z-3, Séfi e Xino vão para as poltronas ao lado de Annes, nos radares de seus painéis, miras são mostradas sobre pequenos alvos vermelhos, era hora do contra-ataque. Enquanto isso, Max estava apavorado e se segurava na porta lá atrás. Então, todos escutam a ordem em um dos alto-falantes:

Morfeo – Atenção *Starborns*! Ativando contramedidas!

Eis que começam a emergir canhões em pequenas frestas do escudo na parte superior do trem espacial. Ao serem posicionados, eles começam a disparar raios amarelos e logo uma das Ceifadoras acaba sendo explodida enquanto as outras seguiam atacando adiante. De longe, era possível ver as luzes coloridas e as pequenas naves começando a serem destruídas em meio ao silêncio do espaço.

Na Z-1, a Zaira olhava apreensiva para um painel:

Zaira – Integridade dos escudos em 70%!

Naquele momento, Morfeo se sentou em seu trono e estava atento a todos os movimentos dos inimigos que eram transmitidos num dos painéis.

Lá fora, duas Ceifadoras acabam se colidindo e se afastando das outras cujo atacavam com muita ferocidade.

Enquanto isso, Séfi e Xino continuavam disparando com seus canhões e discutiam:

Xino – São muitas!! Nossos escudos não vão aguentar!!

Séfi – Continue atacando! Temos que derrubar o máximo que conseguirmos!

Nos radares em seus painéis, as miras travavam em vários pontos vermelhos, enquanto Max deslizava gritando pelo piso até parar ao lado da poltrona de Annes e bater sua cabeça numa parte da mesa.

Em plena escuridão do espaço, a *Dragonforce* continuava contra-atacando com suas dezenas de raios amarelos enquanto várias Ceifadoras eram destruídas, mas ainda havia muitas delas que insistiam na caçada.

Naquele momento, Zaira vê algo em um dos radares e logo fala para o seu comandante:

Zaira – Morfeo, estamos nos aproximando de um campo de asteroides! São muitos deles!

Diante da notícia, Morfeo aperta um botão em sua poltrona. De repente, a parte do piso à sua frente se abre e faz emergir uma mesa com um painel de comando. Ao se posicionar em suas alavancas, o zorn fala para a pupila:

Morfeo – Envie todo o comando da *Dragonforce* para o meu painel!

Sem pensar duas vezes, ela atende ao pedido e assim, seu líder acaba assumindo o controle do trem espacial.

Eis que a *Dragonforce* realiza uma curva para o alto e até faz o formato de um V enquanto as Ceifadoras continuavam a perseguindo com muita velocidade.

Na Z-3, Max gritava novamente e deslizava para trás ao mesmo tempo em que os outros se seguravam assustados:

Xino – Ah! O que o Morfeo pensa que vai fazer?!

Quando o trem espacial volta a seguir reto, ele vai em direção a um gigantesco campo de asteroides vermelhos onde todo o espaço ao seu redor tinha uma cor rubra. Ali havia rochas de diversos tamanhos, algumas bem próximas e outras mais separadas enquanto uma nuvem de poeira escarlate habitava entre todas elas. Logo a *Dragonforce* entra naquele perigoso lugar e começa a se desviar com muita precisão dos asteroides em seu caminho.

Enquanto isso, as Ceifadoras não tinham muito controle e se explodiam nos obstáculos fazendo várias partículas se espalharem pelos arredores. Uma delas se aproxima da parte superior da *Dragonforce* e dispara várias vezes até conseguir fazer uma abertura no escudo e danificar uma parte da lataria, mas logo ela acaba se colidindo num asteroide e ficando para trás.

Na Z-1, Zaira estava ainda mais preocupada com a situação:

Zaira – Integridade dos escudos em 40 %!

Mas naquele momento, Morfeo se mostrava muito atento e tinha total confiança em suas habilidades. Eis que a *Dragonforce* vai para a direita e se esquiva de uma das grandes rochas vermelhas, em seguida ela vai para baixo e escapa de outra cujo até girava. De repente, uma Ceifadora começa a acompanhá-la pelo lado numa intensa velocidade, mas ela acaba se explodindo em um asteroide e deixando seus destroços para trás. Visto pelo alto, a *Dragonforce* seguia numa incrível rapidez enquanto as suas inimigas se destruíam nos obstáculos.

No interior da Z-1, alguns dos painéis começavam a falhar, ao ver isso, Zaira fala:

Zaira – Estamos sofrendo uma grande interferência! Esses asteroides são altamente radioativos! Nossos escudos estão em 27 % de integridade!

Nas outras partes, acontecia o mesmo, alguns dos canhões já falhavam e isso deixava os *Starborns* preocupados.

De repente, um asteroide acaba colidindo ao lado da *Dragonforce* e a faz mudar de curso. Vários alertas começam a tocar em seu interior enquanto que na Z-3, Max se levanta e mostra o medo em seu rosto dizendo:

Max – Acho que isso não é um bom sinal!

E assim, o trem espacial acaba indo para uma área onde as rochas vermelhas se colidiam brutalmente. Sob o som de vários alertas, Morfeo continuava atento à sua frente e logo fala para sua navegadora:

Morfeo – Zaira! Ao meu sinal, ative a velocidade hipersônica!

Mesmo assustada, ela começa a acionar alguns comandos em seu painel.

Logo a *Dragonforce* se esquiva de um asteroide em seu caminho, vai para o alto e escapa de mais dois cujo acabam se colidindo. Quando volta a seguir reto, ela começa a se desviar de vários obstáculos e brevemente esbarra a sua parte traseira em um deles. Na Z-3, Séfi e os outros se seguravam e nem percebiam o Max deslizando lá atrás.

Na parte principal, os alertas continuavam altos e a Zaira estava muito assustada:

Zaira – Escudos em 15%!!

Com muita violência em seus movimentos, os asteroides se aglomeravam ainda mais e o perigo se tornava cada vez maior. Mas neste exato momento, os olhos vermelhos de Morfeo miravam em algo à sua frente. Ali, ele conseguia ver uma saída se formando aos poucos. Então, surge a sua ordem exaltada:

Morfeo – Zaira! Agora!

Logo ela puxa uma alavanca com muita força. De repente, toda a *Dragonforce* brilha de amarelo e viaja na velocidade do som por entre várias rochas que se moviam em sua direção, e assim, ela sai sem ser atingida até parar numa distância segura.

Em meio ao espaço, tudo se acalma enquanto as rochas vermelhas se colidiam com força e deixavam os destroços pelo espaço. Já não havia mais inimigos por perto e os *Starborns* conseguiram se salvar.

Na Z-1, todos estavam protegidos pela radiação amarela cujo começava a se apagar. Zaira se surpreendeu muito com o que Morfeo fez, enquanto ele, ainda se mostrava calmo diante da situação. Na Z-3, Max estava de cabeça para baixo, encostado na parede e com os olhos arregalados. Eis que o Séfi se aproxima e vê a sua situação, então, ele suspira e fala com muita autoridade:

Séfi – Xino! Prepara a Redentora!

E assim, o trem espacial volta a seguir com muita calma pelo espaço se afastando cada vez mais do campo de asteroides vermelhos. Lá, um deles saía da órbita e seguia sozinho pela escuridão.

Longe dali, Sirius continuava sentado diante da janela principal enquanto batia os dedos no braço de seu trono. Ele usava uma armadura negra, tinha 47 anos de idade, pele pálida e cabelos loiros espetados. Suas orelhas também eram um pouco pontudas e os seus olhos completamente negros chegavam a ser medonhos. Eis que surge um robô a 5 metros atrás com um corpo humanoide repleto de placas beges e fios em seus membros. A sua cabeça era um capacete com viseiras negras e ele se chamava Megano, o único navegador da Predadora cujo tinha uma voz eletrônica e grave:

Megano – Senhor, todas as Ceifadoras foram destruídas, não há sinais da localização da *Dragonforce*.

Naquele momento, o zorn continuava sério, mas nem se preocupava com a sua derrota:

Sirius – Trace o curso para o planeta Nêfas. Tenho que buscar uma coisa lá.

Em meio ao vazio do espaço, a Predadora navegava suavemente pela escuridão.

Após muitas "luas", o trem espacial *Dragonforce* começava a se aproximar de um imenso planeta cercado por um grande anel formado de bilhões de fragmentos cristalinos. Ele possuía mares e vários países em toda sua extensão, aquele era o Elísios.

Certo tempo depois, a *Dragonforce* desacoplou todas as suas partes e passava pela atmosfera branca do lugar. Abaixo das nuvens, era possível ver as primeiras luzes de uma cidade num começo de manhã radiante. Naquele momento, Max havia se recuperado e estava bastante encantado com uma grande metrópole onde se encontrava uma gigantesca árvore com 10.000 metros de altura.

Aquela era Árvore Ancestral, um lugar colossal com vários galhos repletos de folhas azuis no topo. Sua cor era acinzentada e muitas linhas cristalinas se ligavam por toda sua extensão. O colossal tronco atingia 20 quilômetros de largura, nele, havia dezenas de portos para naves e bases militares. Cercado por altos prédios espelhados, o monumento era o centro de todas as atenções.

Pelos céus, várias esferas luminosas embelezavam ainda mais o lugar enquanto o sol dourado brilhava a distância e trazia um clima agradável para toda metrópole. Em algumas partes dela se encontravam santuários históricos e naves menores circulando entre os edifícios.

Aquela cidade era conhecida como Devin, berço da raça zorn. Centenas deles de todas as idades e cores circulavam pelas ruas com as suas túnicas brancas enquanto os veículos voadores passavam pelo alto. O comércio também era intenso na cidade e atraía trabalhadores de todos os lugares. Além de tecnológica, Devin colocava a sua cultura histórica acima de tudo e a Árvore Ancestral era a sua maior prioridade, pois, suas raízes se estendiam sob todo o terreno da cidade e a alimentava com uma energia pura.

Entre os civis, alguns robôs armados circulavam, eles eram prateados, tinham cabeças cilíndricas com sirenes, corpos magros repletos de cabos e se mostravam bem articulados. Os sujeitos eram chamados de Nanos, eles pertenciam a força policial e mantinham a segurança na cidade, todos programados para entrar em ação sempre que surgisse uma ocorrência. Essa era a Devin, uma metrópole super desenvolvida e banhada pela energia de uma árvore colossal.

Algum tempo depois, em um dos grandes santuários, as partes da *Dragonforce* aterrissaram e os *Starborns* seguiam em direção de outros que já haviam chegado no lugar. O clima ali era festivo, Max e Xino conversavam bastante empolgados enquanto a Annes os acompanhava e lhes observava, como sempre, calada e séria.

Aquele lugar tinha uma ampla arquitetura histórica, paredes douradas com pedras verdes em todas as partes e era chamado de Santuário do Herege.

À frente de todos, Morfeo era seguido pela Zaira cujo tirou seu capacete. Ela tinha 20 anos de idade, um rosto irritado com olhos de cristais claros e uma pele branca portando algumas pequenas placas coloridas. Seus cabelos azuis estavam penteados para trás e em sua testa havia uma pedra de diamante implantada.

Pouco tempo depois, no grande interior do santuário onde algumas esferas brilhantes levitavam no alto, Morfeo subia em um altar redondo cujo ficava diante de seus seguidores. Todos retiraram os seus capacetes e revelaram seus rostos. Ali, havia seres de diferentes raças e formas, mas ambos com um só objetivo, seguir um líder poderoso cujo lhes deu uma nova esperança. Ao ver tamanha determinação, Morfeo ainda se mostrava superior, e quando surge o absoluto silêncio, ele começa o seu discurso com a sua voz ecoando por todo o santuário:

Morfeo – *Starborns*... Finalmente chegamos no ápice da nossa missão. Cada um terá um trabalho e em breve partiremos para a Árvore Ancestral. Lá, todos vocês receberão um poder único e serão aprimorados. Com ele, poderão trazer paz àqueles que pensam em guerra ...

Naquele momento, a expressão no rosto de Zaira ainda era de raiva enquanto o Morfeo começava a caminhar vagarosamente para o lado:

Morfeo – Vocês levarão a supremacia aos povos mais rebeldes... E trarão justiça aos inocentes.

Entre a multidão, Annes também revelou a sua face. Ela tinha 11 anos de idade e pertencia a uma raça única conhecida como Férys, sua pele era um pouco rosada e seus olhos com pupilas lilases traziam um leve tom de tristeza. Os cabelos curtos e roxos estavam soltos deixando até as pontas das orelhas a mostra, e ali, aquela estranha criança estava muito atenta ao líder cujo ainda discursava diante de todos:

Morfeo – Escutem a minha promessa, em breve, a estrela que há dentro de vocês irá brilhar forte e todos encontrarão o precioso mundo de sonhos.

Eis que surgem as comemorações em várias partes. O clima festivo se espalhava e todos eles acreditavam nas palavras daquele líder cujo se mostrava muito superior diante de todos. Porém, enquanto a felicidade predominava naquele local, havia um sujeito mal humorado e mais afastado dos outros. Ele usava um traje preto, estava de braços cruzados e ao ver aquela alegria contagiante, acaba se incomodando a ponto de sair dali.

Naquele momento, Séfi olhava preocupado para os lados à procura de Max, mas em meio à multidão e sob os gritos eufóricos, ele não conseguia encontrá-lo. De repente, alguém se aproxima por trás lhe chamando com uma voz muito calma:

Adro – Séfi! Finalmente te encontrei.

Logo o várvaro se vira e se depara com um velho amigo. Esse era careca, de pele negra, musculoso, usava um traje prateado e seus olhos azuis transmitiam uma certa tranquilidade. Aquele era o Adro, membro de uma raça conhecida como Drac e o quarto capitão da tropa de *Starborns:*

Adro – Pensei que vocês não chegariam aqui a salvo.

Séfi – É, tivemos alguns problemas, mas felizmente estamos aqui, prontos para o próximo passo.

Adro – Ótimo! Mas que tal tomarmos uma doce bebida Deviana enquanto os nossos amigos se acomodam? Afinal, temos muito o que conversar.

Diante da proposta, Séfi fica satisfeito e o responde:

Séfi – Será um prazer, meu velho amigo.

Enquanto isso, em outra parte do santuário, havia uma luz fraca cercada pela escuridão, e lá, Max caminhava em sua direção. Ele seguia apreensivo com o que via, pois à frente estava uma árvore luminosa com galhos que se estendiam até o teto enquanto um zumbido constante e calmo era escutado. Diante daquela misteriosa beleza, Max fica encantado e boquiaberto. Eis que uma borboleta de luz passa em frente ao seu rosto, em seguida, várias outras começam a surgir. Juntas, elas iluminam aquele lugar escuro e fazem o jovem olhar para o alto esbanjando um sorriso de felicidade. De repente, uma doce e suave voz surge acima:

Paine – Elas gostaram de você ...

Assustado, o menino se vira e olha para a direção do som. Dali, ele avista uma criatura alada sentada em um dos galhos brilhantes da árvore. Ela usava um traje protetor da cor branca, aparentava ser uma menina de 12 anos de idade, tinha cabelos loiros, longos e brilhantes. Seus olhos azuis transmitiam uma paz fora do comum e sua beleza incomparável era muito sedutora. Além disso, um grande par de asas brancas estava em suas costas e a tornava graciosa. Aquela era a Paine, uma anja cujo olhava seriamente para o menino encantado por sua divindade.

Tranquilamente, ela sai do galho e segue pelo ar enquanto as asas abertas amorteciam a sua queda. Quando o Max se depara com a anja aterrissando em sua frente, ele até recua um pouco, mas continua olhando para ela. Então, surge um sorriso meigo no rosto de Paine, em seguida, ela começa a conversar com o visitante:

Paine – Você deve ser o terráqueo.

Max – Ah... Você me conhece?

Paine – Conheço um quando o vejo. Sua espécie é muito fanática pela minha.

Max – Você é uma anja de verdade?!

Paine – Essas asas aqui não são postiças, meu bem.

Quando chamado daquela forma, Max mostra um sorriso tímido:

Paine – Eu sou a Paine, qual o seu nome?

Max – Sou o Max... Ah... Por que não está junto com os outros?

Neste momento, Paine caminha em direção da árvore:

Paine – Eu estava aqui à espera de vocês, já faz algum tempo que o próprio Morfeo me encontrou.

Interessado, Max se vira para ela e juntos ficam diante da luz:

Paine – Eu sou de um mundo muito distante onde eu não tinha um propósito... Assim como você.

Max – É... O Séfi me contou que todos temos uma espécie de estrela em nós. Mas eu ainda não sei que tipo de poder eu posso ter.

Paine – Pelo visto ele não foi muito claro. A estrela está em nós sim, mas muitos ainda precisam despertá-la, assim como você.

Max – E como ela surgiu em nós? Eu nunca senti nada de diferente.

Paine – Ela está na sua alma e os seus olhos não podem vê-la em um espelho.

Naquele momento, os rostos dos jovens eram iluminados pela luz da árvore:

Max – Bom... Eu acredito nisso e estou arriscando tudo na promessa de Morfeo. Afinal, eu não tinha uma vida boa lá na terra. Nunca conheci os meus pais.

Paine – Ele te salvou... Você era vazio de sonhos... Sempre esperava as coisas boas virem até você... Se continuasse na Terra, iria ter dois possíveis destinos... Crescer numa vida monótona e invisível, ou, se tornar uma pessoa ruim devida as dificuldades do seu passado.

Ao ouvir aquilo, Max fica impressionado e olha para a Paine:

Max – Como sabe tanto sobre mim?

Paine – Eu enxergo além do corpo material, posso ler a sua alma e ela reflete o quão grande é a tua solidão.

Ao saber disso, o menino continua surpreso e volta a olhar para a árvore luminosa enquanto a sua nova amiga ainda mostrava um sorriso meigo:

Max – Isso é incrível... Mas ainda não entendo. Por que você não tinha um propósito no seu mundo?

Paine – Por que o meu propósito está neste lugar. Eu irei seguir o Morfeo, a promessa dele irá nos transformar, é nisso que eu acredito.

Quando escuta aquilo, Max fica sério e pensativo. Mesmo a promessa sendo muito misteriosa, ela ainda trazia esperança a todos os *Starborns*. De repente, os jovens escutam uma voz forte surgir lá atrás:

Kroni – Finalmente eu te encontrei!

Logo eles se viram, e assim, se deparam com um alto sujeito saindo no meio da escuridão. Ele era o mesmo cujo usava um traje preto, em sua mochila nas costas havia uma grande espada negra cujo porte era feito de ossos e no polo havia um pequeno crânio. Diante daquele visitante, Max começa a sentir um estranho medo, pois a presença dele era um pouco sufocante. Por outro lado, Paine continuava sorrindo e nem se preocupava com o clima pesado.

O sujeito de 27 anos de idade para a cinco metros de distância, seu rosto era um pouco velho e transmitia um certo tom de convencimento, os olhos eram negros, os cabelos escuros estavam penteados para trás e entre eles havia um pequeno par de chifres.

Ainda assustado com aquele visitante, Max conversa em voz baixa com a Paine:

Max – Quem é esse?

Paine – Esse é o Kroni... Ele é um demônio.

Ao saber daquilo, o menino fica apavorado e até arregala os olhos, mas o Kroni nem se importava com ele e seu olhar pesado estava sobre a tranquilidade da anja:

Kroni – Então os rumores são verdadeiros... Você é a anja que foi exilada de seu mundo.

Paine – E você é o traidor que matou mil de sua espécie.

Eis que surge uma expressão de raiva no rosto daquele ser sombrio, mas logo em seguida, ele mostra um sorriso de satisfação:

Kroni – É isso mesmo, eu fiz o que devia ser feito, e faria de novo se fosse necessário. Afinal, eu tive os meus motivos, assim como a sua raça miserável teve para massacrar alguns dos meus irmãos.

Paine – Bom, esses são os seus pensamentos primitivos, mas desde o início das eras, nossas raças se enfrentaram em busca de poder. Os ensinamentos antigos dizem que a escuridão e a luz sempre serão opostas, mas eu penso de outra forma, e sei que tudo pode ser resolvido... Esse é mais um dos motivos que mostram o verdadeiro lugar do meu propósito.

Kroni – Hum, se pensa em trazer paz entre as nossas raças só porque estamos juntos com o Morfeo, está enganada. Eu estou aqui por que preciso de poder e farei isso a qualquer custo.

Paine – Eu sei que fará... Sua natureza orgulhosa sempre se destacou por isso.

Os olhares daqueles dois seres estavam atentos em meio ao lugar, as borboletas luminosas ficaram assustadas e até se afastaram. Ali, Max sentia uma presença ainda mais pesada e perigosa, pois naquele momento, Kroni se segurava bastante para não atacar a Paine e aos poucos, seus chifres cresciam em sua cabeça. De repente, todos escutam o chamado:

Zaira – Kroni!

Com isso, o sujeito se vira e acaba diante de Zaira, cujo estava séria e se mostrava muito mais superior do que ele:

Zaira – O Morfeo quer falar com você, encontre-o agora.

Ao receber a ordem, Kroni olha brevemente para trás e vê a Paine com toda a sua tranquilidade, então, ele se vira e resolve deixá-la em paz. O demônio passa ao lado de Zaira, e ela olhava com raiva para o Max:

Zaira – Humano, encontre o Xino, vocês dois têm um trabalho a fazer. E nada de tolices dessa vez.

Sem mais delongas, ela se vira e começa a deixar o lugar. Então, Max olha todo sem graça para a Paine e lhe pergunta:

Max – Bom, eu te vejo depois?

E assim, mostrando um sorriso encantador em seu rosto, ela o responde com a sua voz doce e suave:

Paine – Quando você menos esperar, eu estarei ao seu lado.

Dessa forma, o menino fica ainda mais apaixonado pela anja. Então, ele caminha em direção da saída enquanto sua nova amiga simplesmente se vira para a árvore luminosa e se senta no chão. Ali, a misteriosa Paine resolve continuar admirando a beleza daquele monumento enquanto as borboletas de luz voltavam a se aproximar.

Algum tempo depois, próximo a gigantesca Árvore Ancestral, havia um prédio maior do que os outros com uma esfera brilhante no topo lhe destacando por toda cidade. Aquele lugar era conhecido como Behart, o centro de comando de Devin e lar da rainha.

Numa grande sala em seu interior, uma zorn de 30 anos estava com as suas mãos postas para trás e diante de uma grande janela de vidro. Tranquilamente, ela olhava para a paisagem com seus olhos completamente brancos. Suas orelhas eram um pouco arredondadas, os cabelos acinzentados chegavam até as costas e sua túnica era dourada. Eis que surge uma voz eletrônica ecoando em toda sala:

– Vossa majestade... Seu irmão Morfeo está aqui.

Ao ouvir aquilo, a criatura fica ainda mais séria e até demonstra uma certa preocupação. Então, ela se vira com bastante calma e acaba se deparando com o Morfeo, cujo transmitia uma seriedade forte e lhe olhava atentamente:

Morfeo – Alexia... Há quanto tempo.

Os dois irmãos se encaravam num clima desagradável. Alexia era a rainha de toda cidade de Devin e sua postura empoderada chegava a ser intimidadora, mas mesmo diante dela, Morfeo não se mostrava submisso. E assim, em meio à sala, eles começam a conversar:

Alexia – Pensei que nunca o veria novamente. Soube que você encontrou todos os *Starborns*.

Morfeo – Como sempre, você é a mais perspicaz da nossa família.

Alexia – Não creio que você tenha vindo até aqui para relembrar do nosso passado.

Morfeo – Não, no momento vim alertá-la de um perigo iminente... Sirius está vindo.

Tal notícia, não surte nenhuma reação de medo em Alexia, então, ela se vira e volta a olhar para a paisagem:

Alexia – É bem provável que ele esteja sendo atraído pela sua presença.

Morfeo – Cedo ou tarde ele voltaria para casa, essa é a verdade. Agora, você precisa preparar todas as defesas da cidade, ele possui uma nave poderosa e não poupará vidas.

Alexia – Em primeiro lugar, desde que vocês dois viajaram para as estrelas, eu tenho cuidado dessa cidade melhor do que os nossos pais. Em segundo, o Sirius não pretende me atacar, caso contrário, ele já teria feito isso há anos. A verdade, é que você é o motivo dele vir aqui. Portanto, peço que retire a sua tropa da cidade, ou vocês serão considerados os criminosos.

Ao ouvir isso, Morfeo fica intrigado:

Morfeo – Do que está falando?

Alexia – As notícias chegaram até mim muito antes de você nesta sala. Parte de sua equipe é composta por criaturas acusadas de crimes hediondos em seus planetas. Em Devin, eles não serão tratados como inocentes e as nossas leis são muito mais severas.

Morfeo – Você está no seu direito, e sim, alguns dos meus *Starborns* são criminosos procurados, mas eles me seguem apenas por um motivo... Redenção.

Neste momento, Alexia se vira e volta a encarar o seu irmão, a convicção dele era forte e a sua seriedade continuava se destacando:

Morfeo – Sirius não está vindo aqui só por mim, Devin é uma cidade de riquezas e oportunidades, algo que o interessa muito. Pense o que quiser, mas em breve, sua querida metrópole estará sob a supremacia dele.

Ao dizer isso, Morfeo se vira tranquilamente, mas quando começa a caminhar, ele escuta a forte voz de sua irmã ecoar pela sala:

Alexia – Fique longe da Árvore Ancestral... Isso também serve para os seus *Starborns*.

Mesmo com a ordem, o zorn dos olhos vermelhos nem se importa e continua caminhando. Enquanto isso, Alexia lhe observava atentamente, como se guardasse um antigo rancor em seu interior.

CAPÍTULO 4: A TERRA DOS MORTOS

Era tarde na cidade de Devin, suas pequenas esferas brilhavam no céu indicando o meio-dia e embelezavam aquela gigantesca metrópole onde a Árvore Ancestral exibia todo o seu esplendor. Por entre vários prédios, centenas de pequenas naves circulavam constantemente e tornavam o trânsito muito movimentado. Pelas ruas, diversos zorns passavam com as suas túnicas claras exibindo uma elegância fora do comum.

No Santuário do Herege, havia um pátio com algumas árvores onde toda a *Dragonforce* foi aterrissada enquanto um jovem mexia em um de seus propulsores. Aquele era o Xino, cujo fazia alguns reparos na nave e se mostrava bastante atento. De repente, ele escuta o barulho de uma caixa com ferramentas caindo logo atrás. Ao se virar, o pequeno mecânico acaba vendo Max, cujo estava totalmente indignado com o serviço que fazia:

Max – Aí... Isso na Terra tem um nome... Exploração Infantil.

Ali perto, Annes se encontrava sentada sobre o galho de uma árvore e também fazia um trabalho:

Annes – Quanto menos você reclamar, mais rápido vai terminar.

Irritado, o menino se vira para ela e começa a discutir:

Max – Fácil para você que só fica aí nos vigiando como se fôssemos dois bebês!

Annes – Se não tivessem feito tolice no planeta Gênesis, talvez não estariam nessa situação!

Max – Tolice? Fomos perseguidos por um dinossauro maluco que queria nos devorar enquanto vocês pegaram o caminho fácil!

Neste momento, Annes fica brava e fala com muita seriedade:

Annes – Eu não vou discutir com você terráqueo. Só faça o seu trabalho e me deixe em paz.

Diante disso, Max faz uma careta e se vira arremedando o jeito que a sua colega falava. Naquele momento, Xino estava calmo e logo conversa com ele:

Xino – Ei, até o anoitecer a gente termina os reparos da nave.

Max – Eu só não acho certo ficarmos aqui trabalhando pesado enquanto temos uma cidade maravilhosa como essa para explorar.

Xino – Não estamos aqui por isso, temos que seguir as ordens de Zaira.

Max – Ah, sério? Enquanto isso, ela e o Séfi se divertem em algum lugar dessa cidade.

Xino – E o que pretende fazer?

Max – Você também não sabe o que é diversão?

Quando questionado, Xino ergue os ombros, faz uma pose empoderada e fala com uma voz muito forçada:

Xino – Sei sim, mas o dever vem em primeiro lugar e isso é o que importa.

O bastet se mostrava muito responsável e sorrateiramente ele olha para a Annes numa tentativa de chamar a sua atenção, mas ela nem o notava e simplesmente observava as unhas de sua mão. Eis que o menino balança a cabeça para os lados se sentindo indignado com a atitude dele e logo tenta persuadi-lo:

Max – Eu duvido que você não está curioso para conhecer as melhores oficinas da cidade, afinal, você é um mecânico.

Tal argumento, faz o olho direito do bastet começar a piscar numa espécie de tique nervoso, o que até abala a sua postura de responsabilidade. Quando percebe isso, seu parceiro mostra um sorriso malicioso e volta a falar:

Max – Ah sim... Aquelas lojas grandes com muitas ferramentas, modelos de armas e naves. Sem falar dos mecânicos renomados e ansiosos para conhecerem um jovem habilidoso como você.

Naquele momento, Annes os observava discretamente e aos poucos ficava desconfiada. Logo, os jovens se aproximam ainda mais e cochicham sobre um plano:

Max – Então? O que me diz?

Xino – Tá... Você me convenceu, mas como faremos isso? A Annes é muito atenta.

Max – Não se preocupa, eu tenho um plano.

De repente, o menino se vira e exclama:

Max – Aí Annes!! O Séfi está querendo falar com você!!

Diante do que escuta, Annes fica apreensiva e conversa com ele à distância:

Annes – Do que está falando? Eu não escutei nada!

Max – É por que você está sentada num galho e de olho em nós, mas se levantar e olhar para o alto do santuário, vai conseguir vê-lo!

Annes – Desista terráqueo! Eu não vou cair nesse seu truque barato!

Quando contrariado, Max mostra uma expressão muito convicta em seu rosto e se vira dizendo:

Max – Você quem sabe! Depois não fala que eu não avisei!

Enquanto isso, Xino tentava entender o que ele fazia e já se mostrava aflito. O barulho dos pássaros é escutado e o olhar de Annes era raivoso sobre o menino, afinal, ele transmitia muita confiança de si próprio e parecia estar certo de sua palavra.

Tomada por uma grande curiosidade, a féry não consegue se conter e acaba olhando para o alto do santuário. Ela observa bem o lugar enquanto o silêncio predominava pelos arredores, porém, não avista nenhum sinal de Séfi. Diante disso, Annes se volta para o outro lado dizendo:

Annes – Terráqueo, eu não estou com humor para as suas brincadeiras!

Então, ela se depara somente com a nave, pois Max e Xino haviam desaparecido e o silêncio ali chegava a ser perturbador. Isso acaba deixando a jovem muito irritada e a faz voar para o alto. Em pleno ar, ela olha para os arredores a procura de alguém, mas nada encontra. Ao ficar irritada, a féry suspira profundamente numa tentativa de se conter, mas acaba dizendo:

Annes – Ah... Detesto crianças.

Então, ela voa para o oeste em busca dos parceiros, e nem os percebe saindo de trás de uma árvore lá embaixo. O menino estava com seu sorriso malicioso enquanto o bastet ainda se mostrava preocupado. E assim, tomados por um desejo aventureiro, os dois abandonam o serviço e correm para o leste, ambos à procura de uma nova distração.

Longe dali, havia um bar luxuoso na cidade onde os lustres brilhantes decoravam o ambiente. Nas mesas, dezenas de zorns bebiam e se divertiam, mas alguns estavam desconfiados, pois, sentados em bancos e diante do balcão, Séfi, Kroni e Zaira bebiam tranquilamente, ambos aproveitando o pouco tempo de folga que tinham. Ali, o demônio leva o dedo indicador para perto da boca e faz uma pequena chama roxa se acender em sua ponta. Mesmo naquele lugar movimentado, ele observa o fogo atentamente, até escutar um dos parceiros dizer:

Séfi – Pare com isso, não queremos chamar uma atenção desnecessária.

Neste momento, Kroni olha sorrateiramente para o lado e percebe que o Séfi lhe encarava intensamente. Então, ele para de usar seu poder, pega o copo com bebida e toma um gole. O várvaro estava um pouco irritado com aquela atitude enquanto a Zaira olhava para o balcão se mostrando pensativa. Ao terminar de beber, Kroni conversa com eles:

Kroni – A bebida dessa cidade é um lixo.

Séfi – Cada um tem seu gosto, hoje eu me encontrei com o Adro e juntos bebemos duas garrafas Devianas.

Kroni – Ah... O famoso copiador de poderes e considerado o mais forte de todos nós.

Séfi – É o que dizem... Ele anda bem ocupado desde que chegou aqui. Tivemos pouco tempo para conversar.

Kroni – E quanto tempo teremos que esperar para iniciar o nosso processo evolutivo?

Séfi – Tenha calma, tudo tem a sua hora certa.

Zaira – Mas ele tem razão Séfi, quanto mais demoramos aqui, mais os problemas em nossos planetas tendem a crescer.

Quando escuta isso, Séfi olha para a amiga:

Séfi – Eu chamei vocês aqui justamente para nos distrair até o nosso próximo trabalho. O Morfeo precisa se organizar na cidade, se não fosse a interversão dele, talvez estaríamos em uma guerra contra a rainha Alexia.

Zaira – Ah sim, a "queridinha" da família que herdou o poder luminoso e escolhida para guardar a cidade.

Kroni – Hum... Malditos fanáticos. Essas histórias de profecias e heranças são todas forjadas para o benefício de um ser próprio. As coisas não deveriam ser assim.

Neste momento, um zorn passa por perto de Kroni e olha discretamente para os seus chifres, se mostrando um pouco amedrontado e chamando a sua atenção:

Zaira – No meu planeta também existe essa cultura... Somente os escolhidos pelo deus Zairo podem se tornar governantes. Essa história de religião é uma grande enganadora.

Eis que o Séfi sente um clima pesado naquela conversa e até fica um pouco incomodado:

Séfi – Ah... Olha só para mim, chamo os meus parceiros capitães para algumas horas de bebidas e diversão, mas tudo o que eles fazem é reclamar da política falha de seus planetas. Isso é decepcionante.

Kroni – E quanto ao seu planeta? Como a política funciona?

Séfi – Em Alcária não existe política pacífica, os várvaros são educados desde pequenos a tomarem terras. Aqueles que forem mais violentos, prevalecem.

Kroni – Olha só... Esse sim é um planeta interessante.

Ao dizer isso, Kroni volta a tomar a sua bebida:

Séfi – Meu povo vive assim há anos, a evolução nunca atingiu a mente deles. Se chegarmos lá agora, com certeza receberemos uma centena de lanças em nossos peitos. Os várvaros são perigosos demais para esse universo.

Kroni – E você se considera diferente deles por quê?

Quando questionado, Séfi fica sério e olha para baixo:

Séfi – Eu nunca senti vontade de conquistar terras a força como os meus irmãos... Ao contrário, eu sempre priorizava a paz e buscava uma solução melhor do que matar os nossos inimigos. Por isso eu era excluído por todos da minha tribo. Meus pais tentaram me educar das maneiras mais brutas possíveis, mas nada mudou o meu pensamento. Foi então que as anciãs me consideraram um amaldiçoado e fizeram meu próprio povo me exilar.

Diante da história, Kroni e Zaira estavam muito atentos, assim como eles, o várvaro trazia um passado obscuro e triste:

Séfi – Eu cresci sozinho por bastante tempo e quase morri muitas das vezes. Certo dia, eu me coloquei na beirada de um precipício e tentei acabar com a minha dor... Foi quando o Morfeo me encontrou.

Ao olhar para frente com uma a frustação no rosto, Séfi continua se lembrando de sua vida antiga:

Séfi – Ele me deu esperança com a promessa dos *Starborns*, foi quando tudo fez sentido para mim. A minha existência, possui um propósito.

Zaira – E por acaso você pensa em voltar para Alcária e mudar o pensamento do seu povo?

Séfi – Não, eles estão a salvo na cultura deles. Eu decidi me tornar aquilo que estou destinado a ser para ajudar aqueles que mais precisam... como a Annes.

Kroni – Hum... A féry assassina.

De repente, Séfi dá um leve soco no balcão cujo até faz os copos se balançarem. Ele não gostou do que o parceiro falou e lhe encarava com raiva:

Séfi – Nunca mais fale dela assim ...

Aquela pesada intimação acaba acendendo um sorriso excitante no demônio enquanto um clima tenso surgia no ar. O várvaro se esforçava para se conter ali, mas mesmo assim, ele fala num tom ameaçador:

Séfi – A Annes é inocente de todas as acusações contra ela. Não tire as suas conclusões, ela é melhor do que você em qualquer situação.

Logo surge o silêncio entre os dois enquanto o som ambiente continuava. Neste momento, Kroni fecha os olhos e simplesmente o responde com muito desgosto:

Kroni – Hum.

Então, Zaira entra no assunto:

Zaira – Séfi, você não pode negar o fato de que ela é a principal suspeita da morte do rei de Crion. Ela foi encontrada na cena do crime.

Séfi – Os corpos foram cortados por espadas, não por telecinese. A Annes era muito nova e foi deixada lá pelo assassino justamente para ser incriminada em seu lugar. Os *Starborns* são temidos em Crion.

Zaira – Hum... Você a defende como se fosse a sua filha.

Tais palavras, fazem o Séfi se lembrar de uma antiga cena que acaba lhe entristecendo e sentir uma certa raiva ao mesmo tempo, algo que Kroni percebe discretamente:

Séfi – Morfeo e eu a resgatamos da prisão...

Eis que surgem as memórias na mente do várvaro de quando ele e Morfeo invadiram um castelo e chegaram numa cela na parte mais escura do lugar. Lá estava a Annes, com o seu olhar inocente e molhado em lágrimas, roupas rasgadas e trazendo em seu rosto ferido uma grande incompreensão daquele mundo injusto:

Séfi – A Annes foi tratada como um animal... Ela não comia, pois os conselheiros ordenaram que ninguém a vissem... Eles temiam a uma pequena féry cujo tinha um olhar tão manso quanto a névoa de um amanhecer frio.

Enquanto a movimentação acontecia pelo bar, Séfi continuava triste com suas lembranças e até apertava os punhos:

Séfi – Ela não teve culpa... Eu acredito que assim que o Morfeo lhe der o poder necessário... A justiça será feita em Crion.

O silêncio surge entre eles, pois o clima ainda era tenso e acabou deixando o várvaro um tanto transtornado. Sem se importar muito com a história, Kroni volta a tomar sua bebida, enquanto isso, Zaira também acaba se lembrando do seu passado:

Zaira – Acho que eu conheço um pouco do que a Annes viveu. Eu fui abandonada pelos meus próprios pais quando era apenas uma criança. Cresci nas ruas usando o meu poder para obter um pouco de comida. Algumas das vezes eu era tomada pela ira e criava um grande caos. Fui considerada uma das mais perigosas do planeta.

Séfi – Ouvi dizer que o seu poder despertou quando você ainda era uma bebê.

Zaira – Sim, eu não tive medo de contar. Como todos vocês, Morfeo me deu essa nova vida. A promessa dele é a minha maior base, sem ela, eu seria apenas uma assassina nas ruas. Quando atingirmos o ápice de nossa evolução, eu voltarei para o meu planeta e vou reestruturá-lo para que as crianças nunca mais cresçam na escuridão como eu cresci.

Ao dizer isso, Zaira aperta os dedos em seu copo enquanto um garçom passava ali por perto. Naquele momento, Kroni estava muito sério enquanto pensava em sua vida, então, ele resolve se desabafar:

Kroni – Nós não somos muito diferentes... Eu também pretendo reestruturar o meu mundo.

Ao sentir uma certa má intenção no demônio, Séfi o observa apreensivamente:

Séfi – Acha mesmo que conseguirá derrubar o mundo dos anjos somente com o seu poder? Eles ainda são muito poderosos e a Paine também é uma *Starborn*.

Kroni – Você cuida dos seus assuntos que eu cuidarei dos meus. Afinal, depois da nossa evolução, acredito que todos nós tomaremos caminhos diferentes. Se ela entrar no meu, será destruída como todos os outros.

Eis que o Kroni toma sua bebida sem se importar com o jeito que tratou o amigo, afinal, todos os seus planos já haviam sido traçados em sua mente e ele estava disposto a cumpri-los.

Longe dali, no topo do prédio Behart, a grande esfera brilhante se destacava diante da Árvore Ancestral onde era possível ver várias naves pequenas voando ao seu redor. Na beirada do edifício, a rainha Alexia estava quieta em frente à paisagem, ela nem piscava e o seu olhar centrado chegava a ser intimidador. Logo uma anja aterrissa a dez metros atrás e fica lhe observando atentamente. Ao sentir sua presença, Alexia se vira com calma e se depara com a Paine, cujo trazia um sorriso amistoso em seu rosto e estava ali por um motivo:

Alexia – Morfeo enviou você?

Paine – Não. Estou aqui por conta própria, eu sempre tive interesse em conhecer vossa majestade. A rainha herdeira do poder luminoso.

Alexia – Pelo visto, você é uma fã.

Paine – Admiradora é o adjetivo correto.

Neste momento, Paine caminha tranquilamente até se aproximar da rainha. Juntas em um clima agradável, elas olham para a Árvore Ancestral enquanto uma pequena brisa surgia no local:

Alexia – Você também é uma guerreira?

Paine – Eu não luto.

Alexia – Hum. Você é diferente dos outros anjos.

Paine – Sou uma *Starborn*, por isso.

Ao longe dali, uma das pequenas naves ecoava um som grave e mais forte do que as outras:

Alexia – Se veio aqui em nome do meu irmão, esqueça. A minha posição contra ele ainda é a mesma.

Paine – Eu vim apenas conhecê-la. Me surpreende o fato de encontrá-la aqui, sem segurança alguma.

Alexia – A luz é a minha maior proteção.

Paine – Entendo. Você é totalmente diferente dos seus irmãos.

Ao ouvir isso, a rainha fica calada durante alguns segundos enquanto se lembrava de sua infância, o que acaba lhe trazendo um pouco de tristeza:

Alexia – Os meus irmãos e eu crescemos juntos por algum tempo, éramos novos e repletos de sonhos. Morfeo era fascinado com as histórias da estrela Xúria, já o Sirius era o mais amargo. Afinal, ele sempre carregava o cargo de irmão mais velho e era muito cobrado pelos nossos pais.

Paine – Quando vocês se separaram?

Alexia – Eu herdei o poder luminoso da minha falecida mãe, e de acordo com a profecia, era o meu direito governar a cidade. Fui preparada arduamente para me tornar uma rainha tão boa quanto ela. Assim que o meu pai morreu, Sirius e Morfeo decidiram viajar pela galáxia em busca de seus próprios ideais, enquanto isso, eu fiquei aqui, reinando nessa cidade e cuidando da Árvore Ancestral.

Paine – Você está fazendo um trabalho impecável. Devin é a cidade mais bela que já vi.

Eis que surge um breve sorriso no rosto da rainha:

Alexia – Não minta para mim, as cidades angelicais são mais incríveis do que ela.

Paine – Mas não possuem uma árvore mística que fornece energia aos seus hospedeiros... É como se o próprio planeta cuidasse de seus filhos. Em resposta, vocês preservam a cultura e a integridade dele como se fosse parte de vocês.

Alexia – Se todos os outros seres tomassem essa atitude, muitos dos planetas viveriam em paz. Nós não somos perfeitos, mas tentamos dar a Elísios aquilo que ele nos fornece. Amor.

Quando escuta aquilo, Paine se sente muito feliz, então, Alexia lhe faz uma pergunta um tanto intrigante:

Alexia – Por que uma ser tão fabulosa como você caminha entre criaturas inferiores como os *Starborns*?

Diante dessa questão, a anja abaixa a cabeça e fecha os olhos, em seguida, fala com muita tranquilidade:

Paine – É fácil, basta equilibrar os seus sentimentos da maneira certa e tudo fluirá naturalmente.

Com a resposta, Alexia acaba se surpreendendo um pouco e brevemente olha para sua admiradora:

Alexia – Eu entendo que você tem os seus motivos para seguir o meu irmão, mas saiba que se ele fizer algo contraditório às políticas da cidade envolvendo você, eu não terei misericórdia alguma.

Quando escuta aquilo, Paine ergue a cabeça e volta a olhar para frente com o sorriso se destacando em seu rosto:

Paine – Não estamos aqui para causar problemas... E o que tiver que fazer pelo bem do seu reino, faça. Afinal, esse é o seu papel, cuidar das vidas inocentes de Devin.

Juntas, elas sentem uma leve brisa lhes soprar fazendo até seus cabelos se agitarem um pouco. Naquele momento, a postura de Alexia ainda era empoderada, e ela continuava apreensiva a qualquer ameaça que seu irmão pudesse causar ao planeta.

Pouco tempo depois, havia uma rua estreita na cidade repleta de lojas e por onde vários zorns passavam. A movimentação era intensa e todos seguiam seriamente pelo lugar. Mas entre eles, dois jovens *Starborns* caminhavam animados e traziam algumas sacolas com ferramentas:

Max – Cara, você tinha que ver ela, aquelas asas eram lindas e o olhar dela penetrava no meu de um jeito muito carinhoso. É sério, a Paine é a pessoa mais linda que já vi na minha vida.

Xino – Tá, vamos aos fatos... Primeiro, a Paine não é uma pessoa, mas sim uma anja. Segundo, a Annes tem muito mais charme do que ela, você percebe isso apenas pelo seu jeito de falar.

Quando escuta aquilo, o menino se irrita e começa a discutir com o bastet em meio aos civis:

Max – Ah, como você pode ser tão idiota? A Annes é muito escrota! Ela se acha melhor do que nós só porque pode movimentar as coisas como se fosse a Jean Grey!

Xino – Eu só não te respondo à altura, por que eu não sei o que é Jean Grey! Terceiro, a Annes tem tudo para ser a *Starborn* mais poderosa de todas! Ela é forte, sincera e possui uma força de vontade fora de série! Tudo o que a Paine faz é ficar lá sentada e falando de um jeito estranho que ninguém entende!

Max – Pelo menos ela sabe ficar na dela e trata os outros com muito respeito!

Xino – Ela faz isso por que não tem a capacidade de administrar as coisas como a Annes faz! Se colocarmos ela diante de um dinossauro perigoso, o máximo que ela vai fazer é voar com suas asinhas angelicais e nos deixar para trás!

Naquele momento, alguns zorns que estavam ali por perto percebiam a briga dos jovens. Ao se sentir mais irritado, Max olha para Xino e fala com muita convicção:

Max – Eu não vou aceitar que você fale assim da Paine, se quer ficar do lado daquela bajuladora e puxa saco, fique! Mas eu não vou com a cara dela e nada vai me fazer mudar de ideia!

Os dois ficam tão distraídos durante a discussão, que acabam se esbarrando com alguém e param em meio à rua:

Max – Ei!

Ao ver uma jovem de traje lilás à frente, Xino se apavora e deixa suas sacolas caírem, quando o menino olha para ela, acaba tendo a mesma reação:

Max – Ah... droga ...

 Os dois estavam diante de Annes, cujo se colocou de braços cruzados e lhes encarava com muita raiva. O clima entre eles chegava a ser tenso enquanto os zorns ainda passavam pelos arredores. Ao enrijecer os lábios e abaixar a cabeça, a féry fala:

Annes – Aonde pensam que vão?!

Quando questionados, os jovens se olham como se fossem inocentes. De repente, eles correm para o lado e seguem em direção a um beco. Annes acaba sendo deixada na rua, mas ela nem se preocupa com a fuga deles e logo suspira tranquilamente.

Alguns segundos depois, os *Starborns* corriam desesperadamente pela passagem estreita e discutiam sobre a situação:

Xino – Acho melhor a gente parar e explicar tudo para ela!!

Max – Eu não! Já me cansei dela agir como se fosse a nossa babá!!

Xino – Ah! Por que você insiste em falar essas palavras difíceis?!

Eis que os dois se deparam com um muro alto e acabam parando assustados, então, eles começam a olhar para os lados a procura de uma saída e uma estranha ideia acaba surgindo:

Max – Aí! Você é uma espécie de gato, não é?! Sobe lá e me pega pela mão!

Xino – Eu não!

De repente, Annes aterrissa atrás deles e os fazem se virar. A féry já não estava para brincadeiras e o seu olhar intimidador mirava em seus alvos, mas neste momento, o menino resolve criar coragem e dizer:

Max – Escuta só! Se pensa que vai nos levar como seus prisioneiros, está muito enganada!

Eis que ela levanta apenas a sobrancelha direita, e isso os faz se lembrarem de que se esbarraram nela quando a encontraram na rua:

Max – Essa não ...

De repente, Annes gira a mão na direção deles e imediatamente move os seus corpos no ar até deixá-los de ponta cabeça e pressioná-los contra a parede. Ao serem imobilizados pela telecinese, Max e Xino ficam ainda mais assustados enquanto seus cabelos estavam para baixo. A tensão entre eles era grande e logo surge uma nova discussão:

Xino – Annes! Isso tudo foi ideia do Max! Ele quem me arrastou até aqui!

Max – Eu?!

Annes – Já chega! Vou levá-los para o Séfi, ele vai saber o que fazer com vocês!

Max – Ah! Qual é Annes?! A gente só queria se divertir um pouco!

Xino – Eu não! Você quem me levou?!

Max – Ah, dá para cooperar comigo aqui?

Ao ouvir aquilo, Annes os pressiona ainda mais na parede:

Annes – Vocês sabem que não temos tempo para diversão! Essa não é a nossa cidade e ainda precisamos trabalhar!

Max – Essa é a questão! De onde eu venho, a gente viaja para se divertir!

Annes – De onde você vem, os terráqueos abusam do poder, poluem a natureza e criam políticas desiguais para todos os seus habitantes!

Max – É... Tem isso também! Mas nem todos são assim! Olha só, é a primeira vez que estamos numa cidade totalmente nova! O Séfi e a Zaira saíram para se divertir, por que nós não podemos?!

Annes – Por que eles são os nossos capitães e nós seguimos ordens!!

Max – Ah por favor! Somos apenas crianças! Eu duvido que você não tem vontade de conhecer Devin e ver o quanto ela é diferente do seu mundo!

Essas palavras acabam deixando a féry intrigada:

Max – Olha, deixa a gente se divertir só por meia hora ...

Xino – Ah, Max... Não usamos o conceito de tempo do seu mundo aqui...

Max – Tanto faz! Annes, só queremos nos distrair um pouco, afinal, em breve teremos muitas obrigações que vão ocupar todas as nossas necessidades. Acho que não faz mal algum se a gente aproveitar a vida um pouco antes delas chegarem. Você sabe disso.

Neste momento, Max consegue calar Annes e a deixa pensativa, ela também tinha suas vontades naquela cidade, mas se deixava levar pela superioridade de seus capitães. À frente, Xino vira os olhos para o amigo e sussurra:

Xino – Acho que você conseguiu atingir ela.

De repente, os dois caem no chão e agonizam. Annes os soltou e se mostrava calma diante da situação. Quando se levantam, eles olham preocupados para ela e a escutam dizer:

Annes – Podemos explorar a cidade por apenas uma lua. Mas se vocês se afastarem de mim, vou esmagá-los contra o chão como se fossem duas moscas.

Tais palavras deixam o menino assustado, mas acabam encantando o bastet cujo era apaixonado pela féry:

Annes – Depois disso, vamos terminar a manutenção da nave o mais rápido possível.

Ao dizer isso com toda a sua seriedade, ela se vira e começa a caminhar. Atrás, os jovens se olham sorrindo e logo lhe acompanham. Juntos, eles seguem em direção da saída do beco com um novo objetivo para o dia.

Algum tempo depois, sob um clima alegre, os jovens *Starborns* corriam por entre os civis. O menino e o bastet iam na frente esbanjando os seus sorrisos de felicidade, já a féry os acompanhava seriamente e tentava não perdê-los de vista.

Após isso, havia um parque ecológico na cidade repleto de grama, civis e pequenas árvores. No centro se encontrava um grande lago onde Max nadava todo animado enquanto a Annes flutuava sobre a água e estava de braços cruzados. Na beira do lugar, Xino olhava com medo para eles e apenas os aguardava, afinal, ele não gostava de se molhar.

Certo tempo depois, no interior de um museu com paredes douradas, os jovens caminhavam por entre outros visitantes. As exposições de estátuas e naves antigas eram lindas e estavam por toda parte. Max e Xino se impressionavam facilmente com elas, mas a Annes nem se importava muito. Eis que os três param diante de uma das atrações e ficam intrigados, afinal, eles se depararam com um monumento da rainha Alexia. Ela era dourada, tinha pedras brilhantes pelo corpo e seu brilho lhe destacava por todo lugar.

Novamente o tempo passa, e dessa vez, os amigos corriam por uma área comercial, ambos sendo observados do alto por robôs Nanos montados em suas motos voadoras. Levados pela alegria, Max seguia entre os civis enquanto o Xino pulava sobre as barracas dos vendedores os deixando até irritados.

Os dois estavam fugindo da Annes numa brincadeira de pique-pega. Poucos metros atrás, ela os observava atentamente e logo voa até se aproximar do menino. De repente, ele salta para o lado quase sendo pego por ela e se afasta dizendo num tom provocativo:

Max – Isso é o melhor que você sabe fazer?

Quando escuta aquilo, Annes fica parada e pensativa, até surgir um sorriso em seu rosto. Ali, uma certa ansiedade tomava conta de seu interior onde um novo sentimento nascia. Então, ela volta a voar para frente exibindo um olhar confiante cujo transmitia a sua alegria... Aquilo, era ser criança.

O tempo passa mais um pouco, por entre os altos prédios da cidade, as pequenas naves trafegavam constantemente fazendo barulhos e seguindo seus caminhos. Sobre o terraço de um dos edifícios, Max, Xino e Annes se sentaram na beirada, tomavam uma bebida colorida e admiravam Árvore Ancestral cujo embelezava a paisagem à uma longa distância dali. O menino e o bastet estavam rindo após ouvirem uma história enquanto a féry lhes observava com um sorriso. Eles eram apenas crianças em uma cidade altamente evoluída e repleta de magia. Com tanta diversão em um dia, eles nem perceberam o tempo o passar e o sol já começava a se pôr, fazendo uma luz dourada se refletir por toda a cidade.

Surge o anoitecer em Devin, as estrelas brilhavam no céu e o trânsito de naves continuava intenso por toda região. Alguns refletores foram acesos no pátio do Santuário do Herege, onde Max e Xino voltaram a fazer os reparos na *Dragonforce*. Ali, eles apertavam alguns parafusos em um dos propulsores enquanto a Annes se sentou no teto da cabine, lia um livro e chupava um pirulito:

Max – Quer dizer que o Séfi possui uma super força? Como se fosse um "Kriptoriano"

Xino – Ah... Eu não sei o que significa isso, mas sim.

Naquele momento, Séfi se aproximava por entre as árvores e já estava irritado com o que via, afinal, o tempo da manutenção não levaria o dia todo.

Lá na nave, os jovens pararam de apertar os parafusos e continuavam conversando:

Max – Mas e você Xino? Qual é o seu poder de *Starborn*?

Xino – Não posso dizer, é sigiloso.

Max – Por quê? Por acaso você cospe bolas de pelos?

Xino – Ah que nojo!! Não é nada disso! Eu só não posso contar! Questão de segurança própria!!

Max – Ah... Entendi... Você toma banho se lambendo.

Ao ouvir isso, Annes é surpreendida e logo começa a rir de um jeito muito contagiante. Max olha sorrindo para ela e logo faz o mesmo, deixando o Xino irritado.

Diante daquele momento e escondido numa certa distância, Séfi ficou um tanto surpreso com a reação da féry. Ela estava à vontade entre os demais e era a primeira vez que ele a via tão alegre. Ali, Séfi percebe que os três desobedeceram às suas ordens durante o dia, mas isso acabou resultando em algo bom para eles.

E assim, surge um sorriso de satisfação no rosto grotesco do várvaro, em seguida, ele se vira e decide deixar os seus pupilos se divertirem. Entre aquelas árvores e sob a escuridão da noite, era possível ouvir a discussão deles ecoar:

Xino – Max! Isso não tem graça! É melhor você ficar calado e continuar trabalhando!

Max – Ah... Tá bom ...

Muito distante de Elísios, havia um outro planeta localizado próximo à uma lua negra. A atmosfera desse era escura e pelas suas terras era possível ver as nuvens cinzentas se formando.

Aquele era o Nêfas, um lugar destruído por um vírus mortal, e também conhecido como Terra dos Mortos.

Por todo o seu interior se encontravam ruínas de cidades devastadas enquanto gemidos agonizantes ecoavam na escuridão. Pelas ruas, milhares de zumbis caminhavam cambaleantes com suas carnes expostas e em estado de decomposição. Eles eram atormentados por uma dor incessante e estavam destinados a vagar sem rumo com os seus corpos vazios de almas. Aquele berço de trevas fazia o cheiro da morte se espalhar por toda parte. Os mortos-vivos não tinham mais o privilégio da consciência e juntos eles criavam hordas inteiras.

Em uma das cidades, a grande nave Predadora da Escuridão sobrevoava uma pirâmide antiga onde no topo se encontrava um extenso altar. Em sua beirada, havia um ser encapuzado admirando a destruição. O manto rasgado de sua roupa era levemente agitado pelos ventos e seu rosto permanecia oculto. Eis que ele escuta passos se aproximando por trás, mas nem se dispõe a se virar.

Lá estava o Sirius, montado em seu cão Cérbero, usando sua armadura negra e observando o estranho. De repente, seu mascote rosna se sentindo incomodado com aquela presença enquanto o som da nave ecoava do alto. O zorn foi ali por um motivo, e a seriedade em seu rosto mostrava o quanto ele estava disposto a cumpri-lo. Então, ele escuta o sujeito dizer com a sua voz tenebrosa e baixa:

Cairo – Pensei que você nunca mais voltaria.

Ali, o zorn continuava quieto e atento enquanto os sons dos zumbis eram ouvidos à distância e o clima de terror predominava no lugar:

Cairo – Diga-me, filho de Elísios... Por que veio aqui?

Neste momento, o ditador suspira profundamente, em seguida, fala com muita convicção:

Sirius – Tenho um assunto inacabado com o meu irmão, vim buscar a minha parcela da energia sombria... Ela ainda está aqui?

Neste momento, Cairo vira apenas a cabeça mostrando metade de seu rosto escuro onde somente brilhava um sorriso malicioso, e assim, ele sussurra de uma maneira excitante:

Cairo – Ela estava ansiosa por você.

CAPÍTULO 5: A ÁRVORE ANCESTRAL

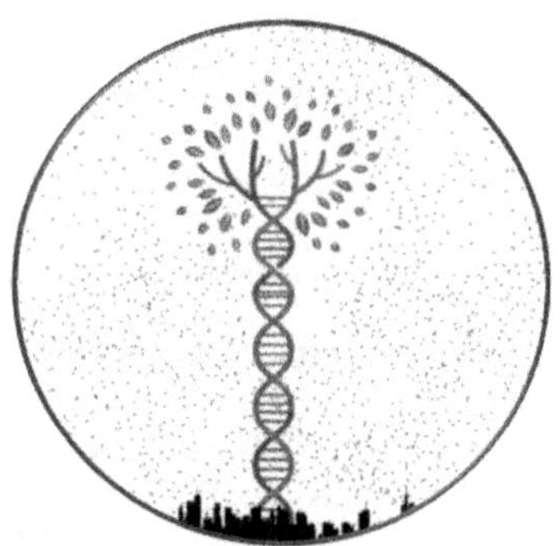

O amanhecer na cidade de Devin, a luz dourada do sol se espalhava por toda a sua extensão e lhe banhava com o seu brilho intenso, era um novo dia para aquela metrópole repleta de prédios altos e naves.

No Santuário do Herege, Max caminhava por um corredor iluminado e carregava uma sexta com frutas. Ele estava bastante pensativo, pois tinha uma tarefa pessoal a cumprir. Eis que alguém começa a se aproximar à frente e lhe atrai a atenção.

O sujeito caminhava com uma postura empoderada e intimidadora enquanto seus olhos vermelhos miravam no caminho. Aquele... era o Morfeo. Diante dele, o menino ergue o corpo e se coloca numa posição de respeito, afinal, estava prestes a se encontrar com o líder que era idolatrado por todos os *Starborns*.

Logo Morfeo se aproxima e passa bem ao seu lado, e naquele exato momento, Max sente um grande clima pesado. O zorn nem se importa com ele e o deixa para trás como se fosse uma pedra. A presença daquele terráqueo era completamente nula e nem lhe interessava. Ao ser tratado daquela forma, o menino fica parado e perplexo enquanto suas mãos até tremiam um pouco. Ali, tudo o que ele ouvia eram os passos do poderoso líder se afastando.

Algum tempo depois, na parte mais baixa do santuário, havia uma prisão escura onde um grande primata com uma cicatriz entre os olhos se encontrava sentado no interior de uma cela. Aquele era o perigoso Créb, cujo mirava um olhar raivoso para o corredor. Eis que alguns passos são escutados e chamam a sua atenção. Ali, Max se aproximava apreensivo e lhe observava atentamente enquanto trazia a cesta de frutas em suas mãos. Ao parar diante do monstro, surge um absoluto silêncio no local e um clima de tensão acaba tomando conta deles. Créb rosnava discretamente diante daquele pequeno menino, mas ele lhe olhava de um jeito preocupado e diferente de todos os outros:

Max – Ah... oi "grandão". Soube que você não comeu muito desde que chegou aqui. Então, eu resolvi trazer essas frutas para você.

Cautelosamente, ele se abaixa até colocar o objeto no chão:

Max – Elas foram compradas para mim e o Xino, porém, você precisa mais do que nós. Afinal, você foi ferido e... dopado.

Diante do gesto, o primata acaba mostrando seus dentes afiados, mesmo assim, o visitante continuava lhe olhando de uma maneira afetiva:

Max – Olha, não era para eu estar aqui e sei o que você sente, mas se nós não tivéssemos resgatado você, provavelmente estaria morto.

Mais uma vez surge o silêncio naquela prisão escura. Ao se sentir um pouco nervoso, Max olha para o lado e começa a empurrar a cesta com o pé até ela se aproximar das grades. O olhar de Créb era muito atento naquele momento e os seus dedos se apertavam nos punhos:

Max – O Séfi e alguns *Starborns* virão aqui mais tarde para levar você até um lugar mais adequado. Estou torcendo que seja uma árvore ou algo do tipo. Eu não sei quais são os planos do

Morfeo, mas saiba que eu estarei ao seu lado caso você queira... Afinal, de uma certa maneira, sinto que você e eu somos parecidos.

Ao olhar novamente para o primata, o menino continua lidando com o seu silêncio, e quando completa seu objetivo, ele acena com a mão e começa a se afastar dizendo:

Max – Bom, eu tenho que ir, o Xino e eu vamos fazer um trabalho para a Zaira... Se a gente encontrar alguma coisa interessante no caminho, eu trago para você... Se cuida aí "grandão".

Ao dizer isso, o menino mostra um sorriso amistoso para o monstro e se vira. Por ali ele caminha de cabeça baixa, mas feliz pela boa ação que fez. Sem olhar para trás, Max continua se afastando, e nem percebe o Créb esticando seu braço até a cesta e a puxando vagarosamente para dentro da cela.

Perto dali, havia um lugar onde a luz do sol passava pelo teto e iluminava um altar redondo. Sentada em um de seus degraus, Paine admirava uma flor vermelha e a tratava com muito carinho enquanto sentia o seu doce aroma. Ela estava muito calma sob a luz de uma manhã radiante e tranquila, como se todo o restante do mundo não lhe importasse. Mas em meio a um canto escuro daquele lugar, Kroni estava de braços cruzados e a observava exibindo uma grande irritação no rosto, afinal, seu rancor contra a raça angelical ainda era forte. Ao lado, Séfi começa a se aproximar meio desconfiado e logo lhe pergunta:

Séfi – Ei, eu e mais alguns membros da equipe vamos escoltar o Créb para uma prisão mais adequada, quer nos ajudar?

Mesmo sendo questionado, o demônio nem olha para o várvaro e continua sério. Então, ele começa a caminhar para outra direção e o responde de uma maneira um pouco irritante:

Kroni – O Morfeo já me deu um trabalho... Divirtam-se com aquele primata inútil.

E assim, Séfi fica apenas escutando os passos dele e o vendo partir. Diante disso, ele simplesmente suspira e em seguida olha para o altar. Lá, Paine continuava admirando a flor sob a luz do sol e nem se preocupava com a presença dele.

Longe dali, acontecia uma reunião em um dos escritórios do grande prédio Behart. Ao redor de uma longa mesa, vários capitães da cidade estavam sérios, todos eram velhos e vestiam túnicas prateadas. Numa poltrona, a rainha Alexia mostrava a sua calma enquanto escutava uma discussão calorosa entre os demais:

— Temos que enviar uma tropa para vigiar o Morfeo de perto, ele não pode ser ignorado.

— O Sirius também é um problema, eu soube que a Predadora destruiu uma cidade inteira e recentemente foi vista na Terra dos Mortos.

— Nós temos força ofensiva e muitos Sentinelas de combate. Estamos seguros aqui. O Morfeo é uma ameaça que já está em nossa cidade.

— Diferente do Sirius, Morfeo é racional, ele não fará nada que possa prejudicá-la.

— Ele reuniu os *Starborns*! Temos que fazer alguma coisa!

De repente, todos escutam a voz séria de Alexia em um alto tom:

Alexia – A Árvore Ancestral é a nossa maior prioridade!

E assim, eles voltam as atenções para a rainha. Ali, ela estava bastante calma diante deles e sua superioridade era muito respeitada:

Alexia – Os meus dois irmãos são ameaçadores, mas toda essa cidade depende da Árvore Ancestral, se ela cair, perderemos uma civilização inteira de zorns. Sirius ainda está longe de nós e as defesas da cidade podem dar conta dele. Já o Morfeo, ele também é uma ameaça, mas eu enviei alguns drones para vigiá-lo, até seus *Starborns* estão sendo observados, se um deles sair da linha, enviaremos o Caçador para eliminá-los. Ele é uma das nossas melhores armas.

Ao ouvirem aquilo, os governantes começam a se acalmar:

Alexia – Senhores, Devin está ameaçada sim, mas ainda estamos sobre o controle. Portanto, não vamos perdê-lo para os nossos medos e incertezas. Se um dos meus irmãos der o primeiro passo, nós daremos o segundo, e podem acreditar, ele será mil vezes mais pesado do que o deles.

Naquele momento, a convicção de Alexia era forte, e isso, trazia mais confiança para seus companheiros.

Em outro prédio da cidade, Morfeo se encontrava no topo e olhava atentamente para a Árvore Ancestral que estava a vários quilômetros dali. Naquele momento, ele via todo o seu gigantesco esplendor e as pequenas naves ao redor formando um som constante com os motores. Eis que a Zaira se aproxima pelo lado e também observa a árvore:

Zaira – Ela é linda ...

Morfeo – Sim, e toda a cidade depende de seu poder.

Zaira – Por causa de suas raízes?

Morfeo – Não só isso, mas também por sua principal função. A Árvore Ancestral suga a energia da natureza e a transfere até o centro do planeta, e assim, forma um ciclo ecológico.

Zaira – Quer dizer que ela é responsável pela sustentabilidade de todo o planeta?

Morfeo – No momento sim, existem outras espalhadas nos demais países, porém, elas são pequenas e fracas. Essa está viva desde que o planeta se formou.

Ao saber daquilo, a guerreira fica impressionada:

Zaira – Isso é incrível.

Morfeo – Sim, é fascinante como o próprio planeta encontra uma maneira de viver em meio ao universo.

Zaira – Hum... parece que nós somos apenas parasitas em seu interior.

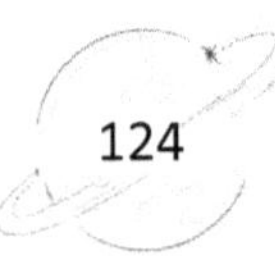

Neste momento, surge uma leve ventania agitando os cabelos dos dois, e logo, Morfeo fala com muita superioridade:

Morfeo – Jamais seremos isso... Em breve, nos tornaremos melhores do que já somos e todos vocês alcançarão os seus preciosos sonhos.

Tais palavras aumentam ainda mais a confiança de Zaira. Juntos, eles continuam olhando para a gigantesca Árvore Ancestral, onde pequenas naves ainda voavam ao redor.

O tempo passa, e uma música agitada era tocada num piano em um bar movimentado com luzes vermelhas. Ali, os barulhos de risos e conversas eram constantes por toda parte. Os clientes também eram da raça zorn, porém, mais desleixados e pobres. Outros eram forasteiros de planetas vizinhos, totalmente estranhos e festivos. Os garçons que serviam as bebidas eram baratas humanoides um pouco assustadoras, elas carregavam bebidas e aperitivos enquanto seguiam caladas pelo lugar. O balconista também era um inseto grande e balançava 4 garrafas com cada uma de suas patas. Aquele ambiente chegava a ser perturbador.

Bem na entrada do lugar, Max e Xino estavam impressionados com o que viam. Ambos carregavam suas mochilas e tinham uma missão para cumprir ali:

Max – Tem certeza de que esse é o lugar?

Xino – É claro! As coordenadas da Zaira não estão erradas.

Max – Eu achava que os zorns eram mais organizados!

De repente, eles vêm dois clientes começando a brigar em cima de uma mesa enquanto os demais os provocavam. Copos e pratos são derrubados, até eles caírem no chão e as comemorações ficarem mais intensas. Assustados, os jovens voltam a conversar:

Xino – Vamos só encontrar o nosso contato, pegar as armas e dar o fora daqui.

Max – É... Tá aí uma boa ideia.

E assim, os dois seguem para dentro do bar tumultuado.

Pouco tempo depois, quando se aproximam do balcão, Max observa a barata humanoide o encarando de uma maneira estranha e ainda balançando as bebidas. Enquanto isso, Xino vai até um cliente robusto que estava de costas e sentado num banco ao lado:

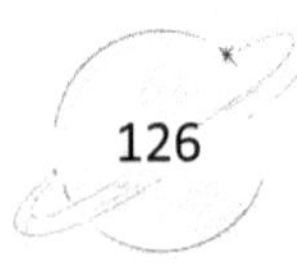

Xino – Ah... Por favor, estamos procurando um sujeito... Ele é conhecido como Gailo. Dizem que ele tem uma aparência grotesca e um pouco repugnante. Pode nos dizer onde encontrar alguém tão feio assim?

Ao ouvir isso, o estranho se vira devagar até ficar de pé e mostrar sua aparência grotesca e um pouco repugnante. Ele tinha bochechas grandes e verdes, olhos raivosos e amarelados. Diante dele, o bastet fica sem palavras e perplexo enquanto refletia sobre o que falou.

Após um certo tempo, Max e Xino são empurrados para outra parte do estabelecimento e assim que olham para frente, começam a ficar assustados. Por ali passavam várias baratas garçonetes e um trono lá nos fundos destacava um grande anfíbio sentado. Ele era um sapo gordo de pele cinza e oleosa, seus olhos marrons bem separados nem piscavam e seu jeito intimidador era sentido até no ar. Os seus membros eram pequenos enquanto as dobras em sua pele se destacavam por todo o corpo. Aquele era o Gailo, líder de uma organização do submundo.

Mesmo assustados, Max e Xino se aproximam de sua frente e ficam enojados em meio a um estranho silêncio que predominava ali. A respiração de Gailo era forte e seu peito se movia a todo momento. Tranquilamente, um garçom chega ao seu lado e lhe estende uma bandeja com bebidas. De repente, o monstro lança sua língua asquerosa até ele e rapidamente o puxa para sua boca. Max e Xino ficam apavorados com aquilo, as patas da vítima estavam para fora e ainda se moviam, mas Gailo a engole por completo e em seguida passa a ponta da língua ao redor dos lábios. Após isso, ele fala com sua voz grave e alta:

Gailo – O que vocês querem aqui? Buga ...

Transtornados com a cena, Max e Xino se olham brevemente. Ali, eles tentam se acalmar e logo conversam com o anfíbio gigante:

Xino – Ah... Nós viemos pelas armas.

Gailo – Armas? Do que está falando? Buga ...

Xino – O meu líder, Morfeo, encomendou um carregamento com o senhor.

Ao ouvir aquilo, Gailo olha para o alto, e só então se lembra de tal encomenda:

Gailo – Ah sim... O "garoto" dos olhos vermelhos... Buga.

Confuso, Max sussurra para o seu parceiro:

Max – O que é "Buga"?

De repente, Gailo lança sua língua e ela passa pelo alto deles até se agarrar em uma barata que caminhava no local. Em questão de segundos, ela é puxada por cima dos jovens e termina na boca do grande sapo, e assim, ele a mastiga fazendo uma gosma branca escorrer pelos arredores de seus lábios. Ainda mais enojados, os visitantes continuavam diante do monstro e o vêm terminar de comer, só então ele volta a conversar com os dois:

Gailo – Digam ao Morfeo que outro comprador pegou as armas. Buga.

Ao saberem da notícia, surge a indignação dos *Starborns:*

Xino – Como é?! Você não podia fazer isso! E quanto ao acordo?!

Gailo – O acordo era o seguinte, se ele não aparecesse no prazo para buscar as armas, eu as venderia para o próximo que chegasse. Buga.

Xino – Mas isso não é justo! Olha, precisamos das armas! Você não pode conseguir outras novas?

Gailo – Não é assim que funciona. Preciso de várias luas para organizar os meus transportadores e despistar as autoridades. O comprador vai buscar a mercadoria hoje e vocês podem comprar dele se quiserem, mas com certeza ele irá cobrar o dobro do que eu ofereci. Buga?

E assim, Max e Xino se olham novamente, dessa vez, irritados com as ações de Gailo.

Certo tempo depois, os jovens foram para o alto de um prédio e usavam dois binóculos para vigiarem algo. Dali, eles viam o Gailo cumprimentar um zorn com traje preto enquanto algumas baratas carregavam caixas para dentro de uma espécie de caminhão sem rodas e com turbinas na parte de trás. Os dois pareciam se entender e quando um dos insetos passa tranquilamente ao lado, o anfíbio manda sua língua até ele e lhe devora com muita ferocidade:

Max – Aquele monstro sabe ser nojento.

Xino – É, e desleal.

Apreensivos, os dois abaixam seus equipamentos e continuam sob um clima tenso:

Max – O que vamos fazer?

Xino – Bom, não podemos voltar até a Zaira sem as armas.

Max – E por acaso você tem algum plano?

Ao ouvir isso, Xino mostra um sorriso malicioso em seu rosto e fala:

Xino – É... Eu tenho um plano.

Pouco tempo depois, a última caixa é posta na carroceria do caminhão, em seguida, a barata salta e puxa a porta para baixo. Enquanto isso, Gailo e o comprador conversavam tranquilamente:

Jester – Bom, negócio feito.

Gailo – Alguns dos empregados do Morfeo podem te procurar para comprar as armas, sugiro que triplique o valor para eles. Buga.

Jester – E por que eu faria isso?

Gailo – Não gostei da insolência deles, e eu não faço negócios com crianças. Talvez isso sirva de lição para aquele zorn escroto. Buga.

Jester – Que seja, mas não pretendo vender essas armas para traidores como o Morfeo.

De repente, o veículo é ligado, começa a levitar a dois metros do chão e assusta a todos com as suas turbinas barulhentas. Quando o dono da mercadoria corre para frente, o transporte sai em grande velocidade e fazendo um barulho agudo. Gailo também viu o que aconteceu e estava espantado, então, ele começa a dar uma ordem para os seus escravos:

Gailo – Atrás dele!! Peguem aquele caminhão! Bugaaa!!!

Enquanto isso, o veículo seguia em grande velocidade por uma das ruas onde não havia civis, afinal, aquela área do mercado negro era bastante perigosa. Na cabine, Xino o pilotava e Max estava no passageiro, ambos alegres com o que fizeram:

Max – Aí! Deu certo!

Xino – Eu disse que ia funcionar!!

Quando o menino olha para o seu retrovisor, começa a se assustar. Ali, ele via dezenas de baratas voando e os perseguindo. Todas formavam um grande enxame no céu e o bater de suas asas criava uma melodia assustadora. Algumas delas se agarravam nas paredes dos prédios e corriam por lá enquanto outras giravam para frente como se fossem tolas. As sombras das criaturas cobriam as ruas abaixo e tornavam o ambiente tenebroso. Sob aquele clima ameaçador, as baratas humanoides seguiam adiante e estavam prontas para capturarem seus alvos.

Ao perceber o perigo, Xino se concentra na estrada e discute com seu amigo:

Xino – Aí! Cuida delas!

Max – O quê?! Como eu faço isso?!

Xino – Você tem um Lançador de Elétrons! Se esqueceu?!

Ao dizer isso, o bastet gira o volante para direita e dessa forma faz uma conversão com o veículo cujo ainda era perseguido pela multidão de inimigos voadores. De repente, uma das baratas se agarra na lateral direita e rapidamente vai até a cabine, mas logo o Max surge na janela lhe apontando o seu estilingue carregado e mostrando o medo em seu rosto dizendo:

Max – Ah! Isso não vai dar certo!

Então, ele dispara uma esfera negra e quando ela acerta o alvo, forma uma pequena onda de choque que o faz cair rolando pela pista. Impressionado com o poder daquele simples objeto, o menino volta para dentro da cabine e sobe até o teto solar. Ali, ele se depara com várias baratas se agarrando na traseira do caminhão enquanto muitas outras voavam atrás dele.

Sem perder tempo, Max saca uma nova esfera, a coloca em seu estilingue, puxa o máximo que consegue e a dispara. Mais uma das baratas é acertada pela onda de choque e até grita quando cai para fora. Ao se sentir bastante animado, o menino recarrega seu lançador exclamando:

Max – Cara! Isso é demais!!

Quando ele dispara, outra barata é atingida pelo ataque e mandada para trás. E assim, tomado por um sentimento de diversão, Max continua atirando contra os inimigos presos em cima do veículo enquanto vários deles se aproximavam pelos lados da cabine. Ao percebê-los, Xino conduz o caminhão para a esquerda até encostar sua lateral na parede de um prédio e esmagar todos eles. Em seguida, ele o leva para a direita ao mesmo tempo em que uma das baratas chegava na janela daquele lado. Eis que o veículo se encosta em outro edifício prensando todos os insetos em sua lataria e os deixando pela rua.

Ao ficar apavorado com aquelas manobras, Max se segurava no alto e logo reclama:

Max – Aí! Por acaso você está tentando nos matar?!

Fazendo bastante barulho, o transporte vai para o meio da rua enquanto o enxame de baratas voadoras ainda o perseguiam. Logo todos chegam numa área mais transitada, onde o Xino começa a se desviar de outros transportes enquanto o Max disparava para o alto e errava seus alvos. Ao verem a confusão, surgem os gritos dos zorns que andavam pelas calçadas, mesmo assim, a perseguição continuava intensa.

Irritado, Max dispara uma esfera com muita força, mas ela acaba explodindo sua onda de choque em um veículo que estava estacionado. Ele fica todo amassado com o impacto e logo surge o dono saindo assustado da loja em frente.

A indignação pelos seus erros, era algo que fazia o Max continuar atacando:

Max – Droga! Essa porcaria tá empenada!!

De repente, uma barata aterrissa na cabine e o pega com suas patas asquerosas. Quando imobilizado, ele grita de raiva e tenta se soltar:

Max – Ah!! Me larga sua coisa nojenta!!

Mas a criatura fazia um leve chiado com a sua boca e continuava em cima dele.

Logo o caminhão atravessa um cruzamento em grande velocidade. Pouco tempo depois, surgem as dezenas de insetos o perseguindo. Por ali, eles passam durante alguns segundos enquanto eram avistados por dois robôs Nanos com suas motos voadoras em uma das ruas ao lado. Numa tranquilidade absurda, eles assistiam a cena como se fosse uma coisa normal. Quando o último inseto passa, os dois se olham brevemente, só então ligam suas sirenes altas e vão atrás dos criminosos.

De volta a perseguição, Max ainda tentava se soltar da barata que insistia em lhe agarrar, mas ela era forte e o dominava cada vez mais. Enquanto isso, várias outras se grudavam no veículo e caminhavam pelos seus arredores. Rapidamente, Xino aperta um botão e quando as janelas se fecham, surge um dos inimigos gritando e batendo com a pata no vidro.

Lá atrás, uma das baratas que voava acaba sendo explodida e sua carcaça cai em chamas, logo acontece o mesmo com outra cujo até agoniza quando acertada. Naquele momento, os sons de sirenes eram escutados enquanto os Nanos vinham em suas motos barulhentas e disparavam de canhões que ficavam em seus braços, e assim, eles diziam simultaneamente com as suas vozes eletrônicas:

— Parem!! Vocês estão infringindo a lei número 14887 do código de trânsito da cidade de Devin!

Muitos dos insetos eram atingidos e caíam destroçados, mas mesmo assim, os sobreviventes ainda perseguiam os seus alvos e a situação continuava intensa.

Enquanto várias baratas estavam agarradas no caminhão, Max consegue se soltar da que lhe segurava e logo volta para dentro da cabine onde Xino estava apavorado, afinal, os inimigos já se encontravam até no para-brisas e tampavam toda visão de fora:

Max – Ah!! E agora? Não dá para ver nada!!

Xino – Isso não vai acabar bem!!

Max – Belo plano esse seu!

Xino – Por acaso você tinha um melhor?!

Pela rua, algumas pequenas naves voadoras são conduzidas para os acostamentos e os gritos do zorns continuavam, pois o caminhão seguia em grande velocidade e totalmente dominado pelos insetos. Os Nanos vinham logo atrás e ainda disparavam com os seus canhões fazendo muitos dos alvos serem destruídos e caírem em chamas. Pelo alto, era possível ver o caminhão e as dezenas de baratas sendo explodidas aos poucos.

De volta à cabine, uma das inimigas consegue atravessar a janela com sua pata e quase acerta o Xino enquanto o Max olhava apavorado para o outro lado. Naquela perigosa situação, os dois ouviam os fortes chiados dos insetos e discutiam:

Xino – É melhor pararmos!!

Max – Não!! A gente consegue se livrar deles!!

Xino – Ah!! Cadê a Annes quando precisamos dela!!

Max – Nós damos conta! Isso vai acabar logo!! De um jeito ou de outro!

De repente, o caminhão atravessa uma rua até bater em um guarda-corpo e seguir em direção a um rio enquanto algumas baratas se desgarravam de sua lataria. Logo ele afunda na água e a espalha para os lados enquanto os insetos sobrevoavam o local e faziam muito barulho. Neste momento, os policiais chegam e começam a combatê-los com os seus canhões, e assim, a batalha se torna intensa acima do rio que corria constantemente, e onde não havia nenhum sinal dos *Starborns*.

Certo tempo se passa e a um quilômetro dali, Max nadava em direção da margem e estava cansado. De repente, ele escuta gritos e quando olha para trás, vê o Xino se debatendo desesperadamente, afinal, ele não sabia nadar. Assustado, o menino nada rapidamente até o amigo e o segura, mesmo assim, ele continuava aflito com a situação e exclamava:

Xino – Ah! Me tira daqui! Me tira daqui!!

Poucos minutos depois, os jovens conseguiram sair do rio e se deitaram na margem, ambos estavam a salvos e cansados enquanto o medo continuava presente entre eles:

Xino – Essa foi por pouco!

Max – Muito pouco!

Quando os dois se levantam, acabam se deparando com a intensa batalha entre os robôs e as baratas acontecendo longe dali. Diante do que vêm, eles ficam preocupados, afinal, haviam perdido as armas que tanto queriam. E assim, surge uma conversa:

Xino – A Zaira vai nos esfolar vivos.

Max – Acho melhor a gente procurar o Séfi e dizer a ele o que aconteceu.

Juntos, eles continuam quietos enquanto assistiam a luta aérea onde surgiam pequenas explosões a todo momento.

Algumas luas depois, no Santuário do Herege, Max e Xino chegavam em um dos jardins repletos de plantas. Ali, os dois estavam agitados e secos enquanto discutiam:

Xino – Isso não vai funcionar! A gente tem que falar a verdade!!

Max – Sabe o que acontece com as pessoas que falam a verdade no meu planeta?! Algumas são presas por toda vida!

Xino – Ah! E essa sua ideia de dizer que fomos roubados não vai funcionar!

Max – Melhor do que dizer que nós éramos os ladrões! Olha, mantenha a calma, ok? Afinal, somente nós sabemos do que aconteceu e o Séfi vai dar um jeito.

De repente, os dois se deparam com a Annes se aproximando à frente. Quando a vê, Xino se encanta e abaixa as orelhas, mas o Max nem se importa com ela:

Annes – Ei, fiquei sabendo que lhes mandaram buscar algumas armas. Onde elas estão?

Max – Ah... Sobre isso, tivemos um imprevisto.

Annes – Hum... Deixa eu adivinhar... O vendedor enrolou vocês e no final destruíram o carregamento.

Diante da esperteza da féry, os jovens ficam impressionados:

Max – Por acaso você lê mentes também?

Annes – Não, mas eu já imaginava que isso iria acontecer. Vocês são muito desastrados.

Ao ouvir aquilo, Max fica irritado, mas o Xino exibe um sorriso se mostrando ainda mais encantado pela colega:

Max – Olha, precisamos encontrar o Séfi.

Annes – Eu sei onde ele está e já ia procurá-lo. Vocês deram sorte, venham comigo.

Sem mais delongas, Annes passa pelos companheiros e segue adiante enquanto eles se olhavam com uma certa esperança.

Algum tempo depois, no edifício Behart, a reunião da rainha Alexia e seus capitães ainda acontecia. Ali, ela estava de frente com uma grande janela e olhava para os outros prédios da cidade enquanto surgiam as conversas lá atrás:

– Nós vamos redobrar a guarda em todos os acessos da Árvore Ancestral.

– Estamos tendo muitos seres de outros planetas, temos que ter cuidado.

— Como estão as nossas reservas militares na árvore?

— Temos 88% do armamento pronto, sem falar dos guardas que estão lá.

De repente, os alarmes da sala começam a tocar, com isso, os capitães se levantam e ficam assustados. O barulho era intenso e contínuo, mas Alexia nem se importava e continuava admirando a paisagem. Eis que começa uma voz eletrônica por toda sala:

— Atenção, objeto não identificado se aproximando... Objeto não identificado se aproximando.

Então, um som agudo começa a ser escutado do lado de fora fazendo todos voltarem as suas atenções para lá. Os capitães estavam apreensivos, mas a rainha continuava calma. Logo, todos avistam uma pequena esfera negra se aproximando numa enorme velocidade, e assim, ela atravessa o vidro da grande janela e passa bem ao lado de Alexia cujo consegue acompanhar a sua rapidez apenas com o seu olhar. Quando os estilhaços vão ao chão, os capitães ficam ainda mais assustados:

— Se protejam!!

— Chamem os guardas!

Ainda emitindo um barulho crescente, a esfera para em cima da mesa e ali ela fica levitando. Quando os alarmes cessam, um grande silêncio surge na sala e Alexia se vira olhando para o pequeno invasor enquanto seus companheiros continuavam atentos. Diante deles, a esfera começa a transmitir um holograma vermelho onde é visto a imagem de Sirius com os braços cruzados e sorrindo. Aquilo era uma mensagem enviada pelo ditador.

Ainda calma, Alexia se aproxima dos demais e logo todos começam a escutar o recado daquela voz sombria e eletrônica:

Sirius – Minha querida irmã... Eu soube que o Morfeo levou seus malditos *Starborns* para a nossa cidade natal... Creio intensamente que você já sabe do risco que todos os habitantes de Elísios estão correndo. Em breve, eu estarei aí, e se você não acabar com esse plano absurdo de nosso iludido irmão, irei julgá-la como cúmplice de toda essa ação.

Ao ouvir isso, uma repentina irritação começa a surgir na mente da rainha. Longe dali, em uma das entradas da Árvore Ancestral, dois guardas zorns usavam armaduras pretas e estavam a postos com as armas. Diante deles, um ser se aproximava tranquilamente com um olhar malicioso e trazendo em si o desejo de cumprir um dever. Aquele era o demônio Kroni, cujo sacava sua espada negra e acendia chamas roxas em sua mão esquerda.

Enquanto isso, a mensagem de Sirius ainda era transmitida na sala de reuniões e todos continuavam atentos:

Sirius – Eu tenho visitado muitos mundos, conheci diversas civilizações e tive a mesma ideia sobre todas elas. Se existem raças conflitantes, é porque elas foram criadas justamente para esse motivo.

Passos na escuridão eram escutados, onde Annes caminhava por um corredor e iluminava o caminho com uma lanterna. Atrás dela, Max e Xino vinham apreensivos. De repente, todos escutam o ecoar de um forte barulho à frente e se assustam.

Longe dali, os olhares dos capitães eram de raiva enquanto a mensagem de Sirius continuava:

Sirius – Nós zorns não devemos intervir nas vidas alheias, nossos antepassados lutaram arduamente para conseguirmos a tão preciosa paz neste planeta... Entrar na guerra dos outros... É cuspir nas conquistas deles.

Naquela hora, vários corpos de zorns caíram em um piso brilhante. Todos foram mortos, e um deles ainda estava de olhos abertos.

De volta a reunião, o olhar de Alexia estava semicerrado enquanto ela via o holograma de seu irmão dizer:

Sirius – Não direi o dia em que chegarei em Devin, mas espero encontrá-la em paz e livre de qualquer ameaça... Morfeo... precisa ser impedido.

Longe dali, um brilho intenso iluminava toda uma área, ele vinha dum cristal gigante com 1000 metros de altura onde milhares de cipós luminosos o cercavam. Ali, havia galhos tão grandes ao seu redor, que eles se tornavam espécies de pontes por todo o lugar. No interior do monumento, centenas de correntes elétricas corriam lhe embelezando ainda mais.

Eis que alguém começa a se aproximar de sua frente trazendo uma espada vermelha com faíscas saindo de suas extremidades. Aquele era o Morfeo, cujo estava muito sério diante do coração da Árvore Ancestral:

Sirius – Essa é a minha primeira e última mensagem... Estou lhe dando a oportunidade de se livrar de Morfeo por conta própria, se não fizer isso, eu mesmo farei... E pode ter certeza... Se eu tiver que sujar as mãos, Elísios irá cair.

Tal ameaça faz Alexia fechar os olhos, e assim, o holograma se desfaz. Sob um clima de tensão total, os capitães ficaram muito irritados e se olhavam discretamente. Devin foi ameaçada, mas um grande mal já acontecia em seu interior.

Longe dali, Annes e seus companheiros chegavam assustados em uma imensa área iluminada enquanto ainda escutavam os barulhos de destruição. Aquele enorme lugar era cercado por altas paredes com dezenas de cristais por sua extensão, todos traziam a luz enquanto haviam passarelas levadiças em algumas partes. Impressionado com toda aquela imensidão, Max passa por Annes dizendo:

Max – Tem certeza de que o Séfi está aqui?

Neste momento, Xino percebe algo estranho ao lado, e quando começa a se assustar, ele aponta o dedo para lá:

Xino – Eu não sei, mas aqueles caras com certeza vieram com ele.

Intrigados, seus amigos olham para o local e acabam se assustando, pois se depararam com três *Starborns* caídos e inconscientes. Nenhum deles se moviam e um clima tenso já estava no ar. Diante disso, os jovens comentam:

Max – Quem fez isso?

Annes – Não sei. Mas se continuarmos aqui, provavelmente seremos os próximos.

De repente, o barulho de algo sendo destruído ecoa ali, mas dessa vez estava mais perto e Xino até levanta suas orelhas. Assustados, todos voltam as suas atenções para o local do evento, onde vêm um sujeito robusto de traje verde-escuro destruindo um dos cristais com os seus próprios punhos. Ao observá-lo melhor, Annes o reconhece, então, ela fica aflita e fala:

Annes – Séfi?

Quando escuta o chamado, o estranho para e solta um longo suspiro, em seguida, se vira vagarosamente, até revelar seu rosto. Aquele realmente era o Séfi, cujo estava com a arma Raiot presa na mochila das costas e trazia uma expressão ameaçadora em seu rosto grotesco. Naquele momento, Xino olha para o lado esquerdo e consegue avistar mais cristais destruídos pela região, com isso, acaba deduzindo algo:

Xino – Ei... Por que ele está destruindo essa parte da Árvore Ancestral?

De repente, Séfi começa a caminhar na direção dos jovens. Por ali, ele segue pisando tão forte que até fazia barulho por onde passava. Seu olhar raivoso era intimidador e os punhos fechados indicavam uma ameaça iminente. Diante dele, Max fica apavorado, Xino começa a recuar devagar, mas Annes, continuava paralisada, pois ela não acreditava no que seu melhor amigo estava fazendo. O clima naquele gigantesco lugar era de medo e o silêncio entre as dezenas de cristais trazia a sensação de terror.

Ao percorrer o caminho, Séfi se aproxima de Annes se mostrando ameaçador. Então, ele vagarosamente abre sua mão direita e a leva diretamente para ela. Diante disso, a féry fecha os olhos e fica apavorada, pois em sua mente, as lembranças de um passado aterrorizante a atormentava incansavelmente. De repente, ela dá um grito tão forte e contínuo, que o barulho até ecoa por todo lugar.

CAPÍTULO 6: A CRISE

Uma mão firme é colocada sobre o ombro esquerdo de uma jovem apavorada após um grito desesperador, ela era a Annes, cujo continuava de olhos fechados. Sua respiração ofegante podia ser escutada à distância e o clima de medo estava no ar. Mas ao olhar adiante, ela se depara com o seu amigo Séfi lhe encarando de uma forma preocupada e carinhosa:

Séfi – O que vocês estão fazendo aqui?

De repente, Xino surge se agarrando por trás do pescoço do várvaro e tenta afastá-lo da amiga enquanto o Max vai pela frente dele e começa a empurrá-lo. Juntos, os dois gritam se esforçando ao máximo:

Xino – Você não vai machucá-la!!

Max – Séfi! Você era meu amigo!!

Assustada, Annes olhava para a cena, mas Séfi nem se movia e mostrava a chateação em seu rosto. Então, ele gira o corpo sem fazer muito esforço, joga o Xino para o lado e faz o Max se afastar. Mesmo sem forças para lutar, o menino se posiciona na frente da féry e fala com muita determinação:

Max – Annes! Corre para a saída! A gente segura ele aqui!

Neste momento, Séfi se impressiona com a coragem dele, e quando olha para o lado, vê o Xino de pé, com os punhos fechados e lhe encarando numa raiva nunca vista antes. Ao perceber a situação, o várvaro suspira e coloca a mão no rosto dizendo:

Séfi – Vocês são tão ridículos quando estão com raiva.

E assim, o silêncio predomina naquele grande lugar. Os jovens estavam confusos, afinal, Séfi mudou a sua personalidade de uma hora para outra. Então, em meio ao clima tenso, surge a conversa:

Séfi – Não temos tempo para brincadeiras, precisamos sair daqui o mais rápido possível.

Max – Não vamos a lugar nenhum com você!

Xino – Por que estava atacando a Árvore Ancestral?!

Diante da questão, Séfi olha bravo para o Xino, em seguida observa Annes e nota o quanto ela estava aflita. Então, ele percebe que a única solução ali, seria lhes contar a verdade:

Séfi – É melhor vocês verem com os seus próprios olhos.

Alguns segundos depois, todos se aproximavam de um dos cristais destruídos. Ali, os jovens vêm os estilhaços e logo se assustam com um corpo em estado de decomposição. Ele usava um traje prateado, estava totalmente escurecido e trazia uma certa perturbação quando observado mais de perto. Enquanto Max, Annes e Xino olhavam boquiabertos para aquilo, Séfi resolve se explicar:

Séfi – Eu ajudei a trazer o corpo do Créb, mas meus parceiros me deixaram de guarda do lado de fora. Foi quando eu escutei um forte rugido vindo daqui de dentro e presumi que o Créb havia acordado. Assim que entrei nesse lugar, vi ele preso em um estranho cristal e sendo levado para o alto. Quando perguntei aos outros o que estava acontecendo, eles se recusaram a me responder e assim surgiu uma discussão.

Lá atrás, os três corpos dos parceiros de Séfi ainda se encontravam caídos e inconscientes:

Séfi – Eles estavam muito estranhos sobre o assunto e escondiam algo importante. Foi quando eu observei melhor um dos cristais e vi esse cadáver. Adro, um dos 4 capitães cujo tinha o poder de absorver o D.N.A e todo o conhecimento dos outros seres... ele era um grande amigo meu.

Eis que o Séfi se abala com a perda de seu parceiro e se cala num luto discreto. Ao verem aquilo, os jovens começam a olhar vagarosamente para o alto, e assim, percebem alguns pontos escuros nos cristais. Dentro de cada um deles havia mais corpos em diferentes estados de decomposição, diversos tamanhos e várias espécies:

Séfi – Aqui é a Galeria Sagrada. Quando os anciões e membros reais falecem, eles são colocados nestes cristais para descansar e terem os restos de seus corpos fundidos com a Árvore Ancestral. Ao ver o Adro preso em um dos cristais, eu fiquei revoltado e destruí alguns... Daí vocês chegaram... Eu não sei o porquê, mas parece que o Morfeo nos enganou.

Os olhos assustados de Annes se destacavam em seu rosto, as orelhas de Xino estavam de pé e a incompreensão de Max era grande:

Max – Mais alguém sabe disso?

Séfi – Talvez, mas não podemos ser ingênuos a ponto de achar que eles ficarão do nosso lado. E mesmo que eles fiquem, ainda estaremos em desvantagem. Não somos páreos para o Morfeo.

Max – Ele é tão poderoso assim?

Séfi – Eu já o vi lutando... Mas nunca o vi perdendo.

Ao ouvirem aquilo, os jovens voltam as atenções para o várvaro cujo se mostrava nervoso diante daquela situação:

Séfi – O Adro era um dos melhores capitães e o mais nobre de todos, ele acreditava na grande promessa e nunca fez nada de errado. Enquanto não soubermos da verdade, a nossa melhor opção é fugir, não posso colocar a vida de vocês em risco dessa forma.

Tais palavras sinceras, fazem os três perceberem o quão confiável ele era. Assustados, Xino e Max se olham enquanto a Annes observava o Séfi e o via abaixar a cabeça. Mesmo se mostrando forte, ele ainda se sentia triste com toda aquela situação, e isso, é algo que volta a fazer ela se sentir segura com sua presença.

De repente, o som de uma alta sirene começa a ecoar à distância e faz todos olharem apreensivos para os lados. O barulho assustador parecia não ter fim e ao mesmo tempo, anunciava a chegada de uma ameaça na cidade. Eis que os *Starborns* escutam gritos eletrônicos vindos lá da entrada:

– POR AQUI!!

– FAÇAM UM CERCO!!

Assustados, todos ficam mais próximos e logo o líder dá uma ordem:

Séfi – Annes!! Encontre uma saída no alto para nós!! Agora!

Sem perder tempo, a féry impulsiona o corpo e voa em grande velocidade para o alto. Preocupado, Xino avista uma rampa bem próxima da parede que levava até a parte superior daquele lugar e era cercada por pilastras de madeira. Assustado, o bastet aponta o dedo para lá e fala:

Xino – Ali!!

Então, ele e os outros correm para aquela direção, ambos deixando o cadáver de Adro entre os estilhaços do cristal. Enquanto isso, robôs musculosos com mochilas nas costas chegavam na entrada, suas cores eram negras, as viseiras brilhavam de branco e todos estavam armados com espécies de metralhadoras prateadas. Aqueles eram os perigosos Sentinelas, guardas superiores e programados para proteger o interior da Árvore Ancestral. Quando avistam os *Starborns* começando a subir pela rampa, um deles dá a ordem:

– Capturem os invasores!!

De repente, todos acionam as suas mochilas onde surgem um par de asas e turbinas a jato, e assim, eles voam em grande velocidade para pegarem os seus alvos. Os barulhos agudos ecoavam pelo lugar e os rastros de fumaça ficavam no ar. Ao perceber o perigo, Séfi se vira sacando a sua Raiot e começa a disparar contra os inimigos dizendo:

Séfi – Vão! Eu atraso eles!

Assustados, Max e Xino continuavam subindo pela rampa enquanto o várvaro atirava seus raios vermelhos e barulhentos que até iluminavam o local. Com muita precisão, os guardas começam a se esquivar dos ataques e aos poucos, uma nuvem de fumaça se formava no ar. Eis que um deles é atingido e surge até uma explosão de faíscas em seu traje, e assim, ele cai em grande velocidade.

Andando de lado, Séfi atirava destacando um olhar de raiva em seu rosto. De repente, ele rola para a esquerda e escapa de um raio branco que acaba atingindo a rampa. Naquele momento, os inimigos contra-atacavam e seus disparos também iluminavam o local.

Enquanto isso, Max e Xino subiam pela rampa escutando os barulhos da perigosa batalha e conversando sobre ela:

Max – Cara!! Isso é loucura!!

Xino – Precisamos chegar ao topo!

Eis que os dois passam ao lado de um grande cristal cujo acaba lhes chamando a atenção. Ali eles param e ficam assustados, pois estavam diante de Créb, preso e ainda de olhos abertos. Enquanto a batalha continuava um pouco abaixo, Max fica preocupado com o grande primata, afinal, ele era apenas um inocente em toda aquela história:

Max – Temos que tirar ele daqui!

Xino – Você está louco?! Não temos tempo para isso!!

Max – Nós o colocamos nessa situação!!

Xino – A gente nem enfrentou ele!!

De repente, o menino se vira para o amigo, o pega nos ombros e fala com muita raiva:

Max – Xino!! Para de ser covarde e faça algo importante pelo menos uma vez nessa sua vida!

Ao sentir tamanha intimidação, ele até abaixa as orelhas.

Perto dali, Séfi se protegia atrás de uma pilastra enquanto surgiam os raios brancos atingindo seus arredores. Em um breve momento, ele aponta a arma para os inimigos, dispara duas vezes e se abriga novamente. De repente, um dos Sentinelas aterrissa à sua direita e faz surgir um punhal em seu braço. Sem perder tempo, ele vai para cima do alvo dizendo com uma voz grave:

– Você está preso!

Neste momento, o várvaro faz uma expressão séria no rosto e logo estufa os músculos.

Poucos segundos depois, os demais robôs continuavam disparando lá do alto, então, um deles vê algo em chamas vindo em grande velocidade na sua direção. E assim, ele acaba sendo atingido pelo guarda que tentou abordar o Séfi. Quando danificados, os dois caem pelo ar enquanto os outros ainda insistiam em atacar.

Acima, Max apontava seu estilingue e o puxava com muita firmeza. Tomado por um sentimento de herói, o menino mirava para o grande cristal que prendia o Créb. Naquele momento, parecia que o primata olhava para ele e percebia o quão forte era sua determinação. De repente, Max dispara sua esfera negra e logo ela atinge o mineral formando uma média onda de choque que apenas o deixa trincado. Inconformado, o menino abaixa a arma e o Xino se aproxima ao seu lado dizendo:

Xino – Vai precisar mais do que isso para libertar ele!

Neste momento, as trincas do cristal começam a se alastrar vagarosamente, e quando percebem isso, os jovens ficam atentos e recuam um pouco. Lá dentro, o corpo de Créb parecia vibrar, isso por que ele mesmo tentava se libertar. Ainda mais motivado, Max saca mais uma esfera, a coloca no estilingue e novamente dispara. Quando surge a onda de choque, todo o cristal estoura espalhando seus destroços para os arredores e fazendo os jovens se protegerem com os braços. Então, Créb cai de bruços para frente e todo molhado. Ali, ele respirava profundamente enquanto olhava para o chão e transmitia uma sensação ameaçadora de si.

Apavorado, Xino corre até se proteger atrás de Max cujo exibia uma expressão de espanto. Aos poucos, o primata tenta recuperar o fôlego fazendo um forte barulho com sua respiração, e ao erguer a cabeça, ele acaba se deparando com os jovens assustados e paralisados em sua frente. Neste momento, a voz do bastet até fica afinada diante de tamanho perigo:

Xino – Acho que essa não foi uma boa ideia.

De repente, Créb se levanta rugindo e estendendo seus braços numa pose empoderada. O forte barulho ecoa por toda região e os *Starborns* até tampam os ouvidos. Ao escutar e reconhecer aquilo, Séfi olha assustado para o alto dizendo:

Séfi – Ah... Eu não acredito nisso.

Então, o Créb se vira e pula até a parede, em seguida, começa a escalá-la com muita agilidade se agarrando em buracos e até mesmo em outros cristais. Num breve momento, ele salta e se segura na estrutura novamente, e assim, segue deixando o lugar sem ao menos ajudar os seus libertadores.

Lá embaixo, Max e Xino olhavam boquiabertos para o alto e tentavam entender o que havia acontecido:

Max – Hum. Quanta ingratidão.

Enquanto isso, Séfi voltava a correr pela rampa e os disparos dos inimigos atingiam seus arredores. De repente, um deles acaba acertando sua perna e o faz cair. Ali, ele agoniza e se arrasta até se escorar na parede, em seguida, vê o ferimento de onde saía fumaça. Quando olha para frente, o várvaro começa a ficar assustado, pois todos os Sentinelas já se posicionavam no alto e lhe apontavam as armas. Os barulhos de suas mochilas eram constantes, as metralhadoras se recarregavam para disparar os raios e logo todos eles falam ao mesmo tempo:

– Você está condenado!!

De repente, um dos cristais surge batendo em um deles e o derruba com muita brutalidade. Em seguida, o mineral continua sendo levitado no ar e rapidamente começa a acertar os outros inimigos. Os golpes eram barulhentos e os movimentos precisos os tornavam cada vez mais poderosos. Dessa forma, os Sentinelas são danificados e vão caindo em sequência, um deles até soltava fumaça e outro acabou tendo algumas de suas partes explodidas. E assim, todos são destruídos pelo ataque, deixando apenas fumaça no ar e carcaças em chamas indo abaixo.

Assustado, Séfi olha para o alto, e lá vinha a Annes, flutuando suavemente, lhe olhando com muita calma e dizendo:

Annes – Você está bem?

Quando chega mais perto, ela vê o ferimento do amigo:

Séfi – Não foi nada, eu posso continuar.

Mesmo ouvindo aquilo, ela coloca sua mão direita ali e usa seu poder novamente. Annes podia movimentar qualquer objeto com a sua telecinese, e com isso, ela consegue mover as células regenerativas de Séfi aponto de curar o seu ferimento em poucos segundos.

Quando recuperado, o várvaro se levanta um pouco surpreso e a garota conversa com ele:

Annes – Encontrei uma saída e uma nave. Mas ela é um modelo urbano.

Séfi – Tá tudo bem, já é o suficiente para sairmos dessa cidade.

De repente, novos barulhos de jatos são escutados, eram mais Sentinelas que chegavam ao local, dessa vez, armados com canhões de energia.

Naquele momento, Max e Xino se encontravam na beirada da rampa e avistavam os robôs. Ali, os dois estavam assustados e conversavam sobre os seus amigos:

Max – Será que eles morreram?

Xino – Acho que não! Mas se ficarmos aqui, nós iremos!

Eis que a Annes surge se levitando e trazendo o Séfi com ela. Ao ver a féry numa postura empoderada, Xino mostra um sorriso apaixonado, e quando o várvaro vê o cristal destruído, ele simplesmente fala:

Séfi – Não vou nem perguntar o que vocês fizeram!

Alguns segundos depois, uma esfera de energia azul surge voando para o alto sendo perseguida por vários disparos de canhões. Alguns deles a atingiam pelos lados causando leves explosões elétricas, mas lá dentro, Xino a controlava com o seu cinto e a Annes a empurrava através de seu poder enquanto os outros dois estavam apreensivos.

Em grande velocidade, a esfera segue para frente até entrar em um túnel estreito e escuro. Ali, Annes se esforçava bastante para levar os seus amigos a um lugar seguro. Assustado, Max conversa com o Xino cujo estava calmo enquanto observava o seu campo de força:

Max – A gente vai ficar bem?

Xino – Acho que sim! O escudo ainda está em 90%!

De repente, a esfera é atingida por novos disparos de canhões e se esbarra em uma das paredes. Logo ela volta a seguir adiante e lá dentro, Xino ficou desesperado com o que aconteceu:

Xino – Agora estamos em 60%!!

Os Sentinelas ainda a perseguiam e estavam mais determinados do que nunca. Então, todos começam a passar por uma curva que levava para o alto enquanto as explosões dos disparos acertavam as paredes e causavam algumas destruições. O perigo ali se tornava cada vez maior, mas mesmo assim, Annes não pretendia desistir facilmente e resolve colocar mais intensidade em seu poder dizendo:

Annes – Se segurem!!

Com isso, a esfera ganha velocidade e começa a se afastar dos Sentinelas que ainda a perseguiam pelo túnel. E assim, ela passa rapidamente iluminando a escuridão e se distanciando de seus inimigos.

Pouco tempo depois, o campo de força chega num grande espaço-porto cujo ficava em uma das laterais no leste da Árvore Ancestral e onde havia muitas naves estacionadas. Ao se aproximar do piso, a esfera aterrissa suavemente e se desfaz duma só vez, em seguida, os *Starborns* correm desesperadamente em direção de uma nave:

Séfi – Continuem!! Precisamos sair daqui!

 Mas neste momento, Annes percebe algo e para no meio do caminho exclamando:

Annes – Esperem!

Assustados, os outros param e a observam. Ali, o olhar da féry era determinado e confiante:

Annes – Eu tenho uma ideia melhor.

Alguns segundos depois, os Sentinelas começavam a sair da Árvore Ancestral em grande velocidade e prontos para pegarem os seus alvos. Logo eles voam em direção dos prédios, pois iam atrás de uma nave que seguia girando para lá. Os robôs deixavam um grande rastro de fumaça para trás, e assim, tudo o que resta ali é o som da alta sirene ecoando pela cidade.

Enquanto isso, no piso do espaço-porto e de trás de um grande gerador, Max e os outros saem apreensivos. A nave foi apenas uma distração para que eles despistassem os Sentinelas:

Max – Acha que ela vai acertar alguém na cidade?

Annes – Não se preocupa, eu coloquei todos os motores para funcionar, quando chegar à uma certa distância do chão, ela irá acionar o sistema ante gravitacional.

Encantado com a esperteza da amiga, Xino fala com muito gosto:

Xino – Ah! Você é incrível!

Quando incomodado, Max olha para o amigo e faz uma pequena careta. Ao lado, Séfi se mostrava atento e logo dá a sua ordem:

Séfi – Temos que procurar outro espaço-porto, se sairmos por esse, seremos encontrados... Vamos.

Sem mais delongas, todos começam a correr para outra parte daquele lugar, com o objetivo de se salvarem da situação em que estavam.

Naquele momento, a sirene ainda era tocada e uma grande concentração de Sentinelas se encontrava diante do lado oeste da Árvore Ancestral. Entre eles, também havia drones armados mirando para uma plataforma onde estava uma grande porta com alguns zorns mortos. Eis que um dos robôs começa a transmitir uma mensagem de seus alto-falantes:

– Morfeo! Saia do núcleo da Árvore Ancestral! A rainha Alexia está disposta a negociar com você e os seus *Starborns*!!

O barulho ecoa até chegar numa área iluminada por um brilho intenso, vindo de um gigante cristal cercado por milhares de cipós luminosos. Ali, havia galhos tão grandes ao seu redor, que eles se tornavam espécies de pontes por todo o lugar. Aquele era o coração da Árvore Ancestral, onde no térreo, Morfeo e seus *Starborns* estavam espalhados. Kroni se encontrava entre eles e discretamente olhava para a anja Paine, cujo se escorou em um tronco, estava de braços cruzados e olhos fechados. Diante de todos eles, Morfeo se mostrava sério e escutava novos avisos atravessando uma certa distância lá de fora:

– Não temos a intensão de ferir vocês! Queremos resolver isso de uma maneira pacífica e organizada!

Mesmo assim, o zorn continuava calmo e logo se vira para seus pupilos. Dali, ele vê a Zaira lhe observando atentamente enquanto os outros estavam preocupados, alguns até sussurravam entre si, e assim, um clima de incerteza surgia naquele imenso lugar. Quando a sirene de alerta para de tocar, um silêncio absoluto surge naquele lugar. Diante disso e cercado por olhares de incompreensão, Morfeo começa a falar:

Morfeo – Sei que estão confusos! Mas aqui nós iniciaremos todo o processo evolutivo de vocês!! Infelizmente, a rainha Alexia não aprova os meus métodos e coloca a integridade de sua política acima de tudo.

Naquele momento, todos prestavam atenção nas palavras do zorn:

Morfeo – Esses governantes possuem os mesmos métodos ditadores de muitos por aí, eles não têm escrúpulos, não possuem nobreza e estão dispostos a sacrificarem vidas para o próprio bem deles. Mas hoje, eu farei de vocês seus próprios governantes e a grande promessa irá se cumprir. Agora, preciso que sigam o Kroni, ele abriu um caminho seguro até os elevadores que os levarão ao Altar Divino. Para darmos início ao processo, vocês precisam se posicionar naquele lugar e apenas esperar. Não se preocupem, enquanto eu estiver aqui no centro, ninguém irá machucá-los. Eles prezam a saúde da árvore acima de tudo.

Ali, era possível ver as milhares de correntes elétricas correndo pelo gigantesco coração de cristal. Sem se preocupar, Kroni começa a caminhar em direção de uma saída dali, e no caminho, ele novamente olha com raiva para a Paine, mas ela nem se importava com ele.

Como bons filhos obedientes, os *Starborns* começam a seguirem o demônio, todos juntos e com calma. Naquele momento, Morfeo os vigiava mostrando toda sua superioridade e logo a Zaira se aproxima pelo lado:

Zaira – Alguns dos nossos estão desaparecidos. Não tive contato do meu pupilo e muito menos do Séfi.

Morfeo – O Séfi levou o corpo do Créb para o local que eu mandei?

Zaira – Sim.

Morfeo – Então, provavelmente ele está lá com os outros. Tem um depósito de Sentinelas aqui perto, programe alguns para encontrar o seu pupilo.

Sem mais delongas, a guerreira obedece a ordem e começa a se afastar do líder cujo mostrava uma tranquilidade fora do comum.

Do lado de fora da Árvore Ancestral, a tensão ainda continuava e todas as máquinas estavam a postos. No terraço de um dos prédios, os capitães da cidade vigiavam o gigantesco monumento e conversavam sobre a situação:

— Grande parte dos Sentinelas estão posicionados ao redor da árvore e todas as saídas estão sendo vigiadas.

— E quanto aos zorns que estavam lá dentro?

— A comunicação foi cortada, aquele maldito Morfeo pensou em tudo!

De repente, a rainha Alexia começa a passar por entre eles, seguindo calmamente, mas com os punhos fechados e dizendo com muita convicção:

Alexia — Enviem o Caçador para a parte leste, ele conseguirá passar pelos túneis e cuidará dos *Starborns*. Sobre o meu irmão, não se preocupem, eu mesma irei acabar com ele.

Tomada por sua própria confiança, Alexia vai até a beirada do lugar e simplesmente se joga sem se preocupar com os seus capitães.

Em pleno ar, ela caía com os cabelos sendo agitados por uma forte ventania, e se sentia em paz mesmo numa queda livre. Ao fechar os olhos completamente brancos, a rainha começa a usar um poder especial de sua natureza e faz todo o seu corpo emitir um intenso brilho.

Naquele momento, os capitães se aproximam da beirada do prédio e olham para baixo, e tudo o que eles vêm, é um raio de luz dourada indo rapidamente em direção da Árvore Ancestral.

Certo tempo depois, no interior do monumento, havia um grande depósito onde se encontravam dezenas de caixas com diversas armas, até mesmo peças robóticas. Várias pilastras de madeira estavam espalhadas pelos arredores enquanto os cristais nas paredes iluminavam o local e um grande portão à frente bloqueava uma das saídas dali.

Naquele momento, o silêncio predominava, pois, vários Sentinelas estavam destruídos e alguns zorns se encontravam mortos. Caminhando calados por entre o massacre causado, Séfi estava apreensivo, Max e Xino se sentiam apavorados enquanto a Annes, mantinha sua calma mesmo diante de tanto sangue:

Xino – Que horror...

Max – Quem fez isso?

Séfi – Alguém cujo tem uma mente fria e impiedosa.

Entre os corpos, haviam alguns completamente carbonizados sobre diversas brasas roxas que ainda estavam acesas. De repente, Séfi e os outros escutam o som de agonia, e quando olham para o lado, vêm um zorn sentado e escorado numa caixa. Rapidamente, todos correm até lá e logo a Annes checa o corpo ensanguentado para avaliar o grau dos ferimentos:

Séfi – Consegue ajudá-lo?

Annes – Não... Ele perdeu muito sangue.

Neste momento, a vítima de nome Jax, começa a conversar com muita dificuldade e rancor:

Jax – Vocês *Starborns*... São todos uns miseráveis.

Séfi – Quem fez isso com vocês?

Jax – Um escroto chamado Kroni... Ele seguia as ordens de Morfeo... Eliminar... todos os guardas da Árvore Ancestral.

Séfi – Ele fez tudo isso sozinho?

Jax – Sim... Aquele maldito demônio orgulhoso ...

De repente, o sujeito tosse sangue, afinal, suas dores eram grandes e seu corpo estava muito ferido. Ali, a morte o dominava aos poucos:

Jax – Vocês buscam por poder, mas em troca, tiram as vidas de criaturas inocentes.

Ao ouvir aquilo, Séfi se irrita um pouco:

Séfi – Nós também fomos enganados...

Ainda apreensiva, Annes também conversa com o zorn:

Annes – Isso não importa agora. Você tem algum último pedido?

Diante da questão, Jax acaba se surpreendendo e observa as crianças, elas eram apenas inocentes em meio a toda aquela confusão. Então, ele percebe que as intenções de Séfi eram totalmente diferentes da de Morfeo. Isso o conforta um pouco, e suas palavras finais são:

Jax – Protejam a Árvore Ancestral... Sem ela, a cidade inteira irá cair.

Eis que surge um último e profundo suspiro de Jax, então, ele acaba falecendo e o silêncio do luto toma conta daquele lugar marcado pela violência. Entristecida, Annes se levanta vagarosamente ao mesmo tempo em que as orelhas de Xino estavam para baixo. O Séfi sentia muita raiva de toda aquela situação e para o Max, encarar a morte daquela maneira era algo pesado:

Max – Por que... Por que eles estão fazendo isso?

Logo os demais olham para ele e sentem o seu pesar:

Max – Nos enganar é algo ruim... mas matar inocentes é ainda pior.

Ao ouvir aquilo, Séfi fala para o menino num tom bastante sério:

Séfi – Esse é o problema de muitos seres no universo. As vidas de inocentes não importam quando se trata da busca pelo poder. Infelizmente, você verá isso várias vezes em sua existência.

Novamente, o silêncio surge entre eles em meio ao sentimento de luto. A tristeza de Max ainda era notável e Annes o observava atentamente.

De repente, uma poderosa batida surge no grande portão que estava a 100 metros ao lado. Apreensivos, Max e os outros olham para lá e logo outro estrondo é escutado.

Naquele momento, algo amassava o portão com golpes e aos poucos ele era arrombado. Eis que o Séfi aponta sua arma para lá e fala para os outros:

Séfi – Se preparem!

Irritado, Max pega o seu estilingue e coloca uma esfera nele, ao seu lado, Xino fecha os punhos enquanto a Annes continuava calma. Logo o portão é destruído e mandado com força para o lado. Dali, surge apenas o silêncio e poeira durante alguns segundos, até os sons de pisadas fortes serem escutadas. Diante do que vê, Max começa a se assustar tanto, que até se arrepia dizendo:

Max – Ah... Essa vai ser intensa ...

À frente de todos, um grande robô humanoide com 30 metros de altura se aproximava. Seu corpo era todo blindado e tinha uma cor acinzentada, nos braços robustos era possível ver os canhões, nas costas havia uma espécie de carapaça com vários buracos e seu capacete tinha o formato de um lobo. Por entre as frestas das articulações de seus membros, a fumaça saía com força a cada movimento. O peitoral era como um escudo e no pescoço era possível ver alguns cabos de energia.

Apreensivos com aquela nova ameaça, os *Starborns* começam a recuar e brevemente conversam:

Annes – O que é aquela coisa?

Séfi – É o Caçador... O mais temido de todos os robôs de Devin.

Eis que surgem brilhos roxos nos olhos do inimigo, em seguida, ele levanta os braços fazendo bastante barulho, até apontar seus canhões para os alvos e ficar imóvel. Ao perceber o grau do perigo, Séfi dá a ordem:

Séfi – Corram!!

De repente, o Caçador começa a disparar vários mísseis cujo seguem deixando um rastro de fumaça pelo ar. Assustados, Max e os outros correm para se proteger enquanto as ogivas já começavam a explodir no chão, em caixas, prateleiras e paredes. Rapidamente, as chamas se espalhavam por boa parte do depósito e criavam um grande incêndio. Destroços eram espalhados e os barulhos fortes tornavam o caos cada vez maior.

Naquela hora, Max e Xino corriam juntos e gritando enquanto as explosões aconteciam pelos seus arredores. Os dois estavam apavorados e quando encontram uma pilastra de madeira, eles se protegem atrás dela. Ali perto, Annes voava para os lados e se esquivava dos mísseis em pleno ar, eram muitos que vinham em sua direção e a impossibilitava de seguir adiante. Enquanto isso, Séfi corria bravamente por entre as explosões, em seu rosto grotesco era possível ver o tamanho de sua determinação, e movido nisso, ele chega a 5 metros do Caçador.

De repente, o várvaro sente uma misteriosa força lhe impedindo de seguir em frente e acaba sendo lançado para trás. Ao ser derrubado, ele agoniza um pouco, mas logo se levanta apoiando a arma no chão e dizendo com muita raiva:

Séfi – Ah! Ele está usando um maldito campo de força!!

Neste momento, o Caçador para de disparar os seus mísseis, abre a boca e revela outra arma. Então, ele começa a disparar um contínuo raio roxo cujo atinge o chão e faz a poeira subir. Assustado, Séfi corre para o lado e o robô movimenta seu ataque pelo lugar.

Quando vê aquilo, Xino se agarra em Max e o puxa para o chão, pouco antes do raio passar cortando a pilastra de madeira pela horizontal 5 metros acima deles. Com isso, ela começa a cair, mas rapidamente os jovens se levantam e correm para fora do local. Quando o Caçador para de lançar o raio, Annes se aproxima da cabeça dele e logo sente a força de seu escudo. Ali, ela até tenta se proteger com os braços, mas acaba sendo empurrada para trás.

De repente, raios vermelhos começam a acertar a cabeça do robô, e isso leva sua atenção diretamente para o Séfi, cujo disparava com a sua Raiot a 25 metros de distância. O campo de força não podia repelir a energia, então, o Caçador começa a correr para o ataque fazendo a fumaça sair de suas articulações a cada movimento. Logo ele se aproxima de seu alvo e tenta socá-lo por cima fazendo um intenso barulho no ar, mas rapidamente, Séfi salta para o lado e escapa do forte golpe que até destroça o piso. Então, o Caçador começa a girar a parte de cima de sua cintura arrastando seu punho em direção do Séfi, porém, ele consegue o segurar com os seus braços poderosos através de sua super força.

Mesmo sendo empurrado, o várvaro tenta resistir enquanto seus músculos se estufavam ainda mais sob o traje. O barulho era intenso e o rastro do ataque formava um círculo ao redor do robô. De repente, Séfi consegue parar o pesado movimento, mas logo surge o campo de força o lançando para trás, com isso, ele segue até colidir de costas contra uma pilastra e cair sentado.

Naquele momento, o Caçador levanta os seus dois braços vagarosamente, em seguida, um enxame de drones começa a sair dos buracos de sua carapaça. Com suas hélices e armas, eles se espalham pelo depósito como se fossem moscas. De repente, um é atingido por uma explosão fraca de energia e acaba caindo. Era o Max quem efetuava os disparos com o seu estilingue e dali ele consegue acertar mais um dos aparelhos, até começar a se assustar, pois percebe que vários deles vinham em sua direção:

Max – Ah, droga!

Tomado pelo medo, o menino corre enquanto os inimigos começavam a disparar pequenas esferas de energia para cima dele. Logo elas caem como uma chuva sobre o seu corpo e o derrubam. Ali, Max sente várias cargas elétricas cujo o fazem se contorcer, afinal, aquele ataque era apenas para atordoar as suas vítimas.

De repente, os drones começam a ser destruídos por centenas de raios brancos, e assim, vão caindo em chamas por todo o lugar. Neste momento, Max se recupera e olha para a direção dos disparos, bem onde estava uma metralhadora de tripé sendo usada por Xino, ele mesmo a montou e atacava enquanto gritava euforicamente:

Xino – Morram seus "ratos mecânicos"!!

A precisão dele era de 100 % e mesmo daquela distância, os alvos eram acertados facilmente. Diante da oportunidade, Max se levanta e começa a correr em direção do amigo enquanto os drones caíam em chamas pelos seus arredores. Eles eram destruídos cada vez mais e o Xino até rangia seus dentes ao disparar.

Ali perto, várias prateleiras e caixas voam para cima do Caçador, mas ambas são repelidas pelo campo de força. Foi a Annes quem lançou os ataques, ela ainda flutuava no ar e conseguiu atrair a atenção do inimigo. Diante da oportunidade, a féry segue para baixo até aterrissar posicionando as suas mãos no chão, onde ela usa seu poder novamente e os transfere para o piso. Logo surgem vários tremores sob os pés do Caçador, mas ele ainda consegue se equilibrar a tempo e até faz barulhos quando firma as pernas. Impressionada, Annes também transfere o seu poder para os objetos que estavam por perto e logo os lança em direção do alvo. Todos seguem em grande velocidade pelo ar até serem repelidos pelo campo de força e espalhados para os lados, e enquanto isso, o Caçador ainda estava intacto.

Ao usar aquela quantidade de poder, Annes começa a se enfraquecer e para de atacar. Quando ela começa a cair, Séfi se aproxima de seu lado e lhe segura a tempo, em seguida ele a ajuda a se levantar. E assim, diante de um inimigo poderoso, surge um plano de estratégia:

Séfi – Temos que derrubar aquela coisa!

Annes – Eu não consigo levitá-lo! Ele é bastante pesado e a minha telecinese se dissipa muito quando percorre o piso!

Séfi – Acho que encontrei uma abertura naquele campo de força! Quando ele ataca manualmente, acaba ficando exposto!

Annes – Mas logo usa o campo novamente!

Séfi – Sim, mas eu tenho um plano! E vou precisar de você!!

Neste momento, a féry olha preocupada para seu amigo.

Ali perto, os drones ainda sobrevoavam Max e Xino enquanto vários deles eram atingidos pelos disparos da metralhadora. O menino também atirava suas esferas e estava bastante atento:

Max – Aí! Isso daqui é loucura! Não vamos dar conta de todos eles!!

Xino – Vai desistir?!

Max – É claro que não!

De repente, dois dos drones se aproximam por trás de Xino e disparam cabos com discos de imãs em suas extremidades. Logo eles acabam se prendendo no traje dele e começam a puxá-lo. Assustado, o bastet acaba se afastando da metralhadora e grita euforicamente:

Xino – Ah!! Max!! Me ajuda!!

Quando começa a ser levado para o alto, Max rapidamente salta até ele e se segura em suas pernas. Porém, aqueles drones eram poderosos e os dois acabam sendo içados:

Xino – Aí! Essa sua ideia foi inútil!!

Max – Por acaso você tem alguma melhor?!

Ao serem levados para 30 metros do chão, os jovens gritam tão forte que o barulho ecoa por todo o lugar enquanto os demais drones os circulavam em grande velocidade. Então, eles são carregados pelo ar, mas rapidamente, Xino consegue levar as suas mãos até os dois cabos e logo começa a conduzir os drones. E assim, numa grande e perigosa altura, os jovens seguem em zigue-zague enquanto gritavam desesperadamente. Logo eles atravessam o caminho do Caçador cujo corria para o ataque e deixava um rastro de destruição com as suas tremendas pisadas.

Mais fumaça se soltava de suas saídas e sua determinação era assustadora. Então, ele se aproxima de Séfi e novamente ataca com um soco por cima, mas o várvaro volta a usar a sua super força e consegue segurar o pesado golpe. Ali, ele se mantém firme em meio ao ataque enquanto seus músculos cresciam mais uma vez e os dentes até rangiam:

Séfi – Annes!! Agora!!

De repente, Annes aterrissa atrás dele e toca em suas costas, com isso, ela faz sua energia correr pelo corpo do amigo e entrar diretamente no punho do Caçador.

Neste momento, a féry grita bem alto, se esforça bastante e logo empurra o robô através de sua telecinese. E assim, ele segue rolando para trás, atravessando as pilastras de madeira no caminho e causando muita destruição. O Caçador acaba se colidindo em uma parede fazendo as faíscas se soltarem de seu corpo, mas mesmo assim, ele começa a se levantar. De repente, todos os seus membros são estendidos, e em seguida, suas ligações começam a se arrebentar.

Um grito eufórico de Annes ecoava em meio ao incêndio, pois ela estava de braços abertos e se esforçava ao máximo para destruir o robô. Logo, poucas chamas começam a sair das articulações dele e algumas partes ficam amassadas. Diante disso, Séfi estava muito impressionado, quando olha para Annes, percebe o quanto que ela era poderosa.

Em pleno ar, Xino e Max ainda eram içados pelos drones, mas viam toda a ação da amiga e ficaram espantados:

Max – Uoooou ...

Xino – Ela é incrível!

Max – Você já disse isso antes!!

Os cabelos roxos da féry chegavam a flutuar naquele momento, as veias começavam a se delinear em seu corpo e ela ainda pretendia cumprir o seu dever.

Ao redor, alguns destroços levitavam vagarosamente, ambos afetados pela quantidade de energia transmitida ali. Enquanto isso, ainda imobilizado por aquela poderosa telecinese, o Caçador tenta resistir e até tremia o corpo, mas aquela pressão era muito mais forte do que sua resistência e o levava para apenas um destino. Então, ele acaba explodindo por completo e seus destroços voam para todos os lados fazendo a cabeça seguir em chamas pelo ar, bem em direção da Annes. De repente, Séfi realiza um grande salto, se aproxima do objeto, usa sua super força para chutá-lo de volta e consegue salvar a sua amiga.

E assim, surge a calmaria naquele lugar repleto de destruição, o barulho das chamas ainda era escutado pelos arredores e os drones começavam a cair pelo chão. Logo o Max termina de costas em cima de alguns entulhos de madeira e agoniza enquanto o Xino simplesmente aterrissa de pé e com muita facilidade. Ali, os dois continuavam assustados com o que passaram:

Max – Cara! Isso foi tenso! Me lembre de nunca mais bancar o herói!

Xino – O que é herói?!

Naquele momento, Annes acabava de cair de bruços, mas antes de chegar com seu rosto no chão, Séfi a socorre a tempo mais uma vez. Sobre aqueles braços fortes, a féry estava esgotada e acaba desmaiando. Diante do que viu, seu amigo continuava impressionado, afinal, o poder dela era grande demais para uma simples criança suportar. Logo Max e Xino se aproximam intrigados com eles:

Xino – Séfi! Ela vai ficar bem?

Séfi – Vai sim, só precisa descansar.

De repente, fortes sons de jato surgem do grande portão destruído. Assustados, todos voltam as suas atenções para lá e logo se preocupam:

Max – Essa não! São eles de novo!

Ali, vários Sentinelas chegavam voando no local, ambos programados para localizar os *Starborns* que estavam desaparecidos. Diante do perigo, Séfi leva Annes para entre os jovens e os fazem segurá-la. Confusos, eles o vêm começar a se afastar com uma pose séria e de punhos fechados:

Max – Ei! O que pensa que vai fazer?!

Séfi – Encontre uma nave e fujam desse planeta... Eu vou atrasar esses malditos.

Naquela hora, os robôs se posicionavam no ar bem diante do várvaro cujo seguia com um olhar de raiva. Ao verem aquela atitude, Max e Xino ficam indignados:

Xino – A gente não vai embora sem você!!

Séfi – Vão sim! Salvem a Annes! Eu vou dar um fim nos planos do Morfeo!!

Max – Essa decisão não é só sua!!

De repente, Séfi grita de um jeito muito arrogante:

Séfi – Vocês não tem nenhuma capacidade para enfrentar tudo isso!!

Essas pesadas palavras impactam os jovens de tal maneira, que até os seus olhares ficam esbugalhados. À frente, Séfi assumia uma postura empoderada e estava disposto a se sacrificar por eles. E assim, com muita convicção, ele fala:

Séfi – Essa batalha atingiu um nível que está além de vocês... Estamos falando do destino de uma civilização inteira... E vocês não podem fazer nada para ajudar... Se ficarem, serão apenas pesos mortos.

O olhar de raiva se destacava no rosto de Séfi:

Séfi – Salvem as suas vidas, eu farei o possível para deter o Morfeo.

Eis que todos os Sentinelas partem voando para o ataque, e ao ver isso, o várvaro insiste em sua bravura:

Séfi – Agora vão embora daqui!!

Em seguida, ele corre para a batalha. Logo o primeiro inimigo se aproxima, mas o *Starborn* lhe acerta com um poderoso soco cujo o manda para trás até atingir outro.

Mesmo perturbados pelas palavras do amigo, Max e Xino começam a carregarem Annes para longe dali enquanto as lágrimas escorriam de seus olhos assustados. Aquilo, era a insatisfação falando mais alto em suas mentes.

Com muita raiva e confiança, Séfi chuta um dos Sentinelas e o derruba. Em seguida, ele se esquiva do soco de outro e logo o contra ataca com o antebraço ao mesmo tempo em que os demais o cercavam, afinal, ele era o único que chamava a atenção.

Naquele momento, entre caixas e prateleiras destruídas, Max e Xino nem olhavam para trás onde acontecia a intensa batalha. Juntos, eles carregavam a Annes e apenas escutavam os barulhos dos robôs, e assim, começam a ir em direção de uma saída daquele lugar.

Certo tempo se passa, em uma das laterais da Árvore Ancestral se encontrava mais um espaço-porto onde o silêncio predominava. Ainda um pouco fraca e ao lado de Max, Annes havia acordado e estava sentada em uma caixa. Em seu rosto, a tristeza era percebida de longe. Enquanto isso, Xino acabava de arrombar uma das naves:

Xino – Bom, agora só preciso mexer na parte de ignição dela e em breve vamos dar o fora daqui.

Ao dizer isso, a calmaria volta a predominar ali e o vento até abala os cabelos do jovem. Quando ele se vira, acaba se deparando com Max e Annes, ambos de cabeças abaixadas e tristes pela situação em que estavam:

Annes – Quer dizer... Que ele decidiu se sacrificar por nós?

Max – Sim... Ele disse que não temos capacidade para resolver esse problema... E nos tratou como lixo.

Neste momento, Xino se aproxima dos dois mostrando uma frustação cujo até deixava suas orelhas abaixadas:

Xino – Vocês acham que ele vai ficar bem?

Annes – Ele não tem chances contra o Morfeo... Vai estar morto antes mesmo de tentar.

Ao ouvir aquilo, Max fecha os punhos, range os dentes e fica com muita raiva. Logo os seus amigos percebem isso e o escutam dizer:

Max – O Séfi disse que éramos diferentes... Que para atingirmos nossos sonhos, precisávamos aceitar o risco do desconhecido... Ele também disse, que nunca nos deixaria sozinhos nessa jornada.

Novamente, o vento passa entre eles enquanto o clima de tensão estava no ar:

Max – Ele mentiu para nós... Assim como o Morfeo... E agora, milhões de seres inocentes irão sofrer por causa dos planos idiotas deles. Morfeo não é diferente dos humanos em questão de abuso de poder... E eu já estou cansado disso.

A ira daquele menino podia ser sentida de longe:

Max – A população de Devin não tem que pagar pelos erros de seres como o Morfeo... isso não é justo!

Diante dele, Annes fica mais séria enquanto Xino os observava atentamente. Então, ao ser motivada por uma estranha sensação, ela fala seriamente:

Annes – Temos que fazer alguma coisa.

Isso assusta o bastet e faz surgir uma nova discussão:

Xino – O quê? Você está fraca e nós não temos chance alguma aqui! O Séfi estava certo!

Annes – Então é isso? Você vai correr e se esconder?

Quando intimado, Xino abaixa a cabeça e fica calado. A seriedade de Annes se destacava entre todos ali, e nesse sentimento, ela fala:

Annes – Olhem em volta... Eu não sei o que o Morfeo está tramando, mas sei que se ele cumprir os seus planos, algo muito grave irá acontecer.

A tensão ali era forte e os jovens olhavam atentamente para a amiga que dizia com lágrimas escorrendo de seus olhos:

Annes – É verdade que somos fracos para salvar a cidade, mas vocês acham certo deixá-la nas mãos de seres escrotos que se dizem superiores? Hã?

Naquele momento, Xino se mostrava pensativo, e enquanto isso, Max olhava para a paisagem da cidade. Ainda tomado pela ira, o menino nem piscava e percebia o quanto de vidas inocentes havia ali. Eis que surge um profundo suspiro da parte de Annes, em seguida, ela fala:

Annes – Precisamos fazer uma escolha aqui... Podemos ficar e morrer lutando... Ou fugir para longe... E viver os restos de nossas vidas como covardes.

Ao ouvirem aquilo, Max e Xino se olham preocupados, enquanto a Annes continuava séria diante deles. E assim, os três amigos ficam ali, sozinhos em meio as naves, onde uma importante decisão precisava ser tomada.

De volta ao coração da Árvore Ancestral, Morfeo estava sentado em um dos grandes galhos e observava o gigantesco cristal. Sua paciência era percebida em seus olhos vermelhos e tudo por ali estava calmo.

De repente, um misterioso raio de luz dourada atravessa uma das paredes e invade o lugar. Ali, ele começa a ricochetear várias vezes entre os galhos fazendo um suave barulho agudo. Enquanto isso, Morfeo permanecia quieto e nem se importava com aquilo.

Quando o raio aterrissa num outro galho atrás do invasor, ele se apaga revelando uma poderosa zorn e levantando os pequenos gravetos secos que haviam ali. Aquela era a rainha Alexia cujo estava séria e ainda vestia sua túnica dourada. Ao sentir a presença de sua irmã, Morfeo continua de costas para ela e fala com muita tranquilidade:

Morfeo – Finalmente você chegou... Acho que já podemos começar.

O olhar da rainha era de raiva. De repente, ela abre a palma da mão direita onde pequenas esferas douradas materializam um bastão branco com anéis prateados por sua extensão.

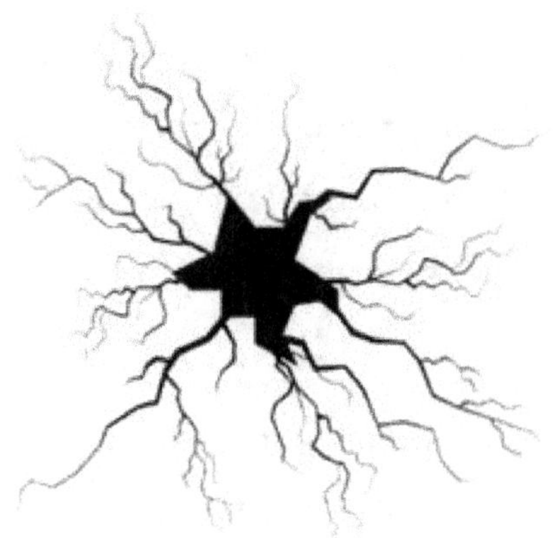

CAPÍTULO 7: O BRILHO DE UMA RAINHA

A Árvore Ancestral, quieta sob um clima de ameaça. No topo dela, havia um extenso lugar onde imensos galhos cobriam o teto com suas folhas. Pelo piso se encontravam algumas ruínas e no centro estava uma grande mesa redonda sendo iluminada pela única luz do sol que entrava ali. Pequenas árvores também marcavam presença aos arredores e tornavam o ambiente ainda mais confortável.

Aquele era o Altar Divino, onde 4 Sentinelas escoltavam o Séfi cujo foi capturado e estava com ferimentos no rosto. Os sons de seus passos ecoavam até eles se encontrarem com a Zaira. Logo o prisioneiro fica ainda mais preocupado, pois ela lhe encarava intensamente e estava indignada com suas ações:

Zaira – Os *Starborns* que você nocauteou acordaram e me contaram da sua traição.

Séfi – Zaira, nós fomos enganados. Morfeo não nos dará poder algum. Seremos condenados à morte!

De repente, alguns diamantes cristalizam no rosto do várvaro e tampam a sua boca. Ali, a guerreira usava seu poder e continuava cética diante da situação:

Zaira – As palavras de um traidor não tem vez aqui, os planos de Morfeo são os mais puros possíveis e nada irá interferir. Agora, você virá comigo. E pode ter certeza, Xino e os outros serão encontrados, onde quer que eles estejam.

Sem mais delongas, Zaira se vira e começa a caminhar enquanto os Sentinelas voltam a escoltar o Séfi, e assim, todos seguem para o meio do lugar. Mesmo se mostrando forte, a guerreira acaba ficando um pouco pensativa com o que ouviu e uma pequena dúvida começava a surgir em sua mente.

À frente, os demais *Starborns* se aproximavam curiosos com a situação, Kroni se encontrava entre eles exibindo um olhar de desgosto sobre o Séfi.

Enquanto isso, no núcleo da Árvore Ancestral, o grande cristal esbanjava um intenso brilho por entre vários galhos e cipós em sua frente. Apenas os sons suaves de suas correntes elétricas eram escutados e uma grande calmaria predominava no lugar. Naquele momento, Morfeo se levantava com muita calma e dizia:

Morfeo – Eu estava esperando por você.

Quando ele se vira, um raio dourado se aproxima em grande velocidade e o empurra com muita força para o alto. Mesmo com aquele movimento rápido, o zorn conseguiu se proteger com os braços e os seus cabelos seguiam o fluxo do vento. Logo ele se afasta até conseguir aterrissar facilmente em cima de outro galho enquanto o raio para em sua frente a 5 metros de distância. Quando se desfaz, Alexia aparece com o seu bastão em mãos e um olhar de raiva. Neste momento, ela pega sua túnica pelo ombro e a retira por completo. Ali, a rainha revela sua armadura dourada cujo tinha um brilho intenso e espelhado. Ao ver aquilo, Morfeo nem se preocupa e fala:

Morfeo – Agora me lembrei, dentre o Sirius e eu, você foi a que herdou o poder da luz da nossa mãe.

De repente, Alexia corre em sua direção e gira o bastão com as duas mãos, quando se aproxima, ela ataca pela vertical, mas rapidamente o seu alvo se esquiva para a esquerda. Com uma determinação fora do comum, a protetora de Devin inicia uma sequência de golpes pelos lados, porém, Morfeo começa a recuar usando sua velocidade. Os movimentos dela faziam até barulho ao cortar o ar, mas seu oponente era astuto e escapava sem muita dificuldade. Eis que ele materializa sua espada vermelha e logo se defende de um dos ataques, em seguida, empurra sua irmã e vai para o contra-ataque.

Com bastante força, Morfeo inicia sua sessão de golpes pelos dois lados, mas Alexia começa a se defender bravamente. Faíscas vermelhas saltavam da espada durante os ataques e ela era segurada apenas com uma mão. Mesmo pressionada, a rainha continuava se protegendo e mantendo seus pés firmes no grande galho. A cada movimento, os cabelos de Morfeo se agitavam e sua raiva aumentava ainda mais.

De repente, Alexia se esquiva de um dos golpes e finalmente consegue contra atacar com o seu bastão, acertando o alvo tão forte pela direita do abdômen que até o manda pelo ar. Sem demonstrar dor alguma, Morfeo gira seu corpo até conseguir aterrissar em um galho que estava abaixo. Então, ele olha rapidamente para o alto, pega impulso, realiza um grande salto para trás e escapa de Alexia cujo chega acertando seu bastão na plataforma. Tomada por uma intensa força de vontade, ela também se impulsiona e logo volta a saltar na direção do irmão.

Com muita agilidade, Morfeo coloca seus pés em mais um galho e aponta a espada para o alto. Ao manipular a sua estrutura, ela se estica em grande velocidade até ser enfincada em outra ponte. De repente, a arma puxa o zorn com muita potência e o faz escapar mais uma vez de Alexia cujo chega com os dois pés no lugar em que ele estava.

Naquele momento, Morfeo era puxado para o alto com muita rapidez, mas logo escuta um som agudo e suave, quando olha para baixo, se depara com o raio dourado indo em sua direção. Sem poder se defender, o zorn acaba sendo acertado brutalmente e sua espada se desfaz, e assim, ele é empurrado para o lado até colidir em uma parede e formar uma nuvem de poeira. Logo o raio voa para fora dali e segue até aterrissar em mais um dos galhos, lá ele se desfaz e Alexia ressurge com os seus cabelos sendo abalados pelo vento enquanto um olhar de raiva se destacava em seu rosto. Na parede, um grande buraco havia se formado, e lá o estava Morfeo, são e salvo, sem ao menos ter um arranhão e mirando seus olhos vermelhos em sua irmã. Diante do que vê, ela mantém a calma e conversa com ele à distância:

Alexia – Esses seus truques não me impressionam mais!

Morfeo – Você evoluiu por conta própria, e agora, impede o crescimento dos outros!

Alexia – Eu não sou tola. Eu sei o que você está tramando. Quando éramos pequenos, você vivia estudando sobre os *Starborns,* seu maior sonho era se tornar um deles!

Neste momento, Morfeo percebe que Alexia já sabia de seus planos e até fecha os olhos:

Morfeo – Você sempre foi a mais perspicaz de nós três!

Alexia – Sua falsidade com os seus próprios discípulos é repugnante. Acredito que eles ainda não saibam dos seus verdadeiros planos!

Ao ouvir isso, o zorn abre os olhos, mostra um sorriso em seu rosto e fala com muita convicção:

Morfeo – Acho que ainda é cedo para contar!

De repente, ele se impulsiona e salta para o alto fazendo até a sua irmã erguer a cabeça para acompanhar seu movimento. Dali, ela o vê materializando duas espadas em suas mãos. Eis que o Morfeo leva os braços para frente e faz as armas vermelhas se esticarem em grande velocidade na direção de Alexia. Ao ver isso, ela salta para trás e se joga de braços estendidos. Poucos segundos depois, as armas se enfincam no galho em que ela esteve e até arrancam algumas lascas. Em pleno ar, as extensões das lâminas se dobravam como cordas e quando se desfazem por completo, Morfeo aterrissa em outra plataforma em meio as brasas vermelhas. De repente, ele se assusta e salta bem na hora em que um raio dourado surge atravessando o lugar de baixo para cima. Com muita agilidade, Morfeo vai para um novo galho, mas logo volta a saltar quando outro poderoso ataque chega destruindo o local.

Lá no térreo e a 400 metros de distância dali, Alexia aterrissou e disparava os raios quando socava para cima. As cargas de energia seguiam em grande velocidade e destroçavam tudo no caminho. Muitas das madeiras vinham em sua direção, mas eram atravessadas pelos raios e espalhadas para os lados. E caindo em meio àquela confusão, lá estava o Morfeo, se mostrando calmo enquanto os ataques passavam intensamente pelos seus arredores. Então, ele deita seu corpo para o alto, materializa uma espada e a estica até ela se enrolar em um dos grandes galhos que caíam. Ao fazer isso, o zorn se vira segurando a arma através das duas mãos, puxa o objeto com bastante força e logo o joga em direção de sua irmã.

Diante do que vê, ela para de atacar, pega o bastão e salta para o lado pouco antes do grande galho se destruir no chão e espalhar destroços. Sem perder tempo, Alexia desliza com os pés até parar, em seguida, enfinca a sua arma no piso e volta a lançar os raios com os seus punhos. E assim, mais uma vez eles seguem em sequência para o alto destruindo tudo o que encontravam.

Bem acima, Morfeo ainda caía, mas logo ele estica a espada para o lado até ela enfincar sua ponta na parede e o puxar com muita força. Pelo caminho, um dos raios passa bem ao seu lado e quase o acerta. Eis que o zorn chega apoiando os dois pés na parede e corre se movendo como uma forte ventania enquanto os ataques começavam a destruir a madeira atrás. Ali, a velocidade de Morfeo era tão intensa, que ele até inclinava o corpo para se manter correndo na parede ao mesmo tempo em que os cabelos iam ao ar.

De repente, ele se impulsiona e salta em direção de um dos galhos. Quando aterrissa nele e dobra as pernas, um raio dourado surge ricocheteando na parede à frente e vai em sua direção. Então, Morfeo se levanta com um olhar muito sério e começa a ser empurrado pelo ataque. Assim que o raio se apaga, Alexia ressurge com muita raiva, pois cruzou seu bastão na nova espada que seu irmão materializou em questão de milissegundos. Logo eles param de se mover e em seguida se afastam. Sob um tenso silêncio, a rainha estava muito atenta, mas a calmaria do invasor ainda se destacava e ele até desfaz a sua arma em brasas vermelhas.

Pelos arredores, muitos dos galhos foram destruídos e vários destroços se encontravam abaixo, bem diante do grande cristal da árvore. Neste momento, Morfeo mostra um sorriso em seu rosto e pergunta para sua irmã:

Morfeo – Isso é o melhor que você pode fazer?

Tal provocação, faz os olhos dela ficarem semicerrados:

Morfeo – Você não é diferente do Sirius, olhe a destruição que causou em volta. É para isso que você usa seus poderes?

De repente, o bastão é enfincado com muita força no galho, em seguida, a rainha junta as mãos numa posição oratória e fecha os olhos. Diante disso, o seu rival perde o sorriso, pois uma energia branca começava a emanar dela, era algo tão puro e suave que se espalhava pelos arredores e trazia pontos brilhantes no ar. E assim, surge uma declaração:

Alexia – Você não é digno de desfrutar desse poder... Mas é culpado o suficiente para aceitar a sua punição.

Preocupado, Morfeo materializa uma espada e corre para o ataque. De repente, uma onda de grandes estacas se forma em sua frente e o faz saltar para trás. Logo ele aterrissa deslizando com os pés e apoiando a mão esquerda no piso, quando ergue sua cabeça, mostra um corte que foi feito por uma das pontas do ataque.

Então, um estranho zumbido começa a ser escutado pelos arredores, isso faz o Morfeo ficar de pé e olhar para os lados onde vários galhos da árvore começavam a se mover constantemente como se tivessem vida própria. Naquele momento, Alexia usava mais um de seus poderes e sua energia estava conectada com a Árvore Ancestral. Os cipós por toda região se agitavam bastante e os galhos destruídos eram regenerados.

Isso acaba irritando seu irmão, então, ele posiciona sua espada e corre para o ataque. De repente, um grande galho surge pelo lado e o empurra com muita força para fora dali. Em pleno ar, o zorn começa a cair enquanto a expressão de surpresa se destacava em seu rosto, pois vários outros galhos vinham pelo alto fazendo as madeiras rangerem intensamente.

Logo o Morfeo aterrissa em uma plataforma e corre por ela, então, os inimigos começam acertar o caminho por onde ele passou estremecendo todo o local. De repente, o guerreiro salta para o lado em grande velocidade até se posicionar com os pés numa parede. Em seguida, ele volta a realizar um de seus grandes pulos e escapa de ser esmagado por outro dos galhos.

Em pleno ar e ainda apreensivo, Morfeo percebe mais um dos inimigos indo em sua direção, dessa vez, pela horizontal. Quando ele se aproxima fazendo um enorme barulho, o zorn faz sua espada crescer o suficiente para cortá-lo em duas partes e assim poder passar pelo seu meio, mas logo ele acaba sendo acertado por trás e mandado para baixo. Ao cair com uma enorme velocidade, Morfeo atravessa vários galhos pequenos causando bastante destruição, até chegar brutalmente no térreo e levantar muita poeira.

O caos tomou conta do lugar, várias partes da árvore se moviam por todos os lados e um intenso barulho ecoava por ali. Eis que Alexia abre seus olhos e permanece em sua posição, pois, naquele momento, Morfeo se levantava, sujo, mas ainda forte. Dali ele olha para cima e vê as dezenas de galhos balançarem em toda parte. Então, seus olhos vermelhos começam a brilhar intensamente, seus punhos são fechados e uma enorme ira toma conta de si.

De repente, Morfeo pega bastante impulso e realiza um grande salto para o alto. Ali, seus cabelos iam ao vento e duas espadas são materializadas em suas mãos. Logo ele aterrissa em um dos galhos e salta novamente até chegar em outro, em seguida ele pula com muita força e escapa de ser atingido por um dos inimigos cujo acaba deixando uma grande nuvem no ar.

De volta ao ar, Morfeo estica as duas lâminas para o alto e em grande velocidade, elas passam por entre os galhos até se prenderem no teto. Então, o zorn se impulsiona para baixo e suas lâminas criam uma enorme força de tensão. Eis que elas o disparam para cima pouco de antes de três galhos se chocarem no lugar em que ele estava.

E assim, numa intensa rapidez, Morfeo segue para o alto como se fosse uma flecha. Quando ele passa por Alexia, ela até se assusta erguendo a cabeça. Ao atingir uma certa altitude, o zorn cria duas foices gigantes, vira uma cambalhota e faz elas se esticarem em enormes movimentos para baixo. Num forte som agudo, as lâminas vermelhas deixam faíscas no ar até cortarem os arredores do galho onde a rainha estava.

Ao sentir o impacto, ela se surpreende e começa a cair junto com a plataforma. Em meio ao perigo, Alexia deita seu corpo para o alto, procura manter a calma e se prepara para usar os seus poderes outra vez. De repente, Morfeo surge em grande velocidade em sua frente e passa lhe acertando na barriga com garras materializadas tão afiadas que até atravessam a sua armadura dourada, fazendo surgir um repentino desespero na zorn. Quando ela cai de costas sobre um dos galhos e levanta poeira, todos os outros param de se mover e o silêncio surge no lugar.

Ao sentir a dor após muito tempo, Alexia rangia os dentes e logo passa a mão no ferimento, e assim, ela agoniza profundamente enquanto o sangue borrava o seu corpo. Ainda atordoada, a rainha olha com dificuldade para um galho diante do grande cristal, e lá estava o Morfeo... de costas para ela.

Em sua mão direita estava o sangue de sua irmã e no rosto, uma expressão mórbida. Mesmo machucada, Alexia se esforça até ficar de bruços fazendo o líquido vermelho pingar de sua barriga:

Alexia – Se... Se afasta do coração da árvore... Seu maldito ...

Naquele momento, Morfeo nem se importava com ela e continuava observando o enorme monumento, então, ele começa a falar:

Morfeo – Você me entendeu errado, eu nunca tive a intenção de destruir a Árvore Ancestral, eu estou aqui por outro motivo.

Eis que o zorn ergue a sua mão ensanguentada e olha para ela:

Morfeo – Você é a herdeira da luz, a única que pode proteger a Árvore Ancestral, tudo por causa dos seus genes sagrados... Os mesmos da nossa mãe.

Ao ouvir aquilo, os olhos de Alexia estavam arregalados e ela se sentia muito assustada:

Morfeo – Eu reuni os *Starborns* por um motivo... Torná-los mais fortes... Mas isso só será possível se eles se unirem a mim.

Então, Morfeo encosta a mão ensanguentada no cristal e fortes faíscas brancas começam a saltar. Rapidamente, todas se espalham pelos arredores do ser cujo usava seus poderes para suportar aquela carga. Apavorada e ainda atordoada, Alexia grita:

Alexia – O QUE VOCÊ VAI FAZER?!

Naquele momento, os cabelos de seu irmão iam ao ar e uma ligação de energia se estabelecia entre ele e o gigantesco coração.

A rainha conseguia ver apenas a sombra dele sendo refletida pela poderosa luz emanada, e logo ela o escuta novamente:

Morfeo – O meu verdadeiro plano foi atrair você até aqui para usar o seu sangue! Somente você tem acesso à energia do núcleo, mas através do poder de Adro cujo obtive recentemente, eu pude copiar o seu D.N.A.

Alexia – Adro?! Como você conseguiu drenar o poder de seu próprio pupilo?!

Morfeo – Nós zorns somos superiores o suficiente para tais feitos. Os cristais na Galeria Sagrada transferem a essência de seus cadáveres até a árvore, tudo o que precisei fazer foi canalizar o fluxo dessa energia até as minhas veias e aderi-las.

Diante daquelas palavras, a rainha ficava cada vez mais enfurecida enquanto o sangue ainda pingava de seu dolorido ferimento:

Morfeo – Agora, eu irei drenar toda a essência dos *Starborns* e transferi-la para mim! Ao mesmo tempo, copiarei a energia da árvore e só assim eu serei mais poderoso do que a própria estrela Xúria!!!

Grandes tremores começam a surgir por toda Árvore Ancestral, pois ela era afetada pelo ataque de Morfeo. Por sua extensão, vários espaços-portos tremiam intensamente em meio à catástrofe, folhas caíam do alto e um grande caos crescia cada vez mais.

No terraço de um dos prédios longe dali, os capitães de Devin sentiam o piso tremer e estavam assustados:

– EMITAM A ORDEM DE EVACUAÇÃO!!

Aos poucos, um terremoto se espalhava por toda a cidade e logo as altas sirenes voltavam a tocar seus sons contínuos por toda região. Pelas ruas, os civis corriam gritando desesperadamente e os edifícios estremeciam tanto que as rachaduras começavam a se formar em suas estruturas. Pelos céus, naves voavam em grande velocidade numa tentativa de escapar da situação e robôs Nanos seguiam com as motos voadoras. Por uma calçada e em meio aos gritos, uma mãe corria com a sua filha no colo enquanto passava por vários outros civis que estavam apavorados. Devin era afetada pelo terremoto cada vez mais e o barulho ecoava por toda a sua extensão.

Naquele momento, o tremor era ainda mais forte no Altar Divino onde todos os *Starborns* estavam assustados. Séfi se encontrava ao lado de Zaira e logo retira o diamante que prendia sua boca, em seguida, ele fala:

Séfi – Temos que sair daqui!!

De repente, um grande cristal se materializa do chão e o aprisiona por completo. Assustada, Zaira recua de olhos arregalados e dizendo:

Zaira – Não... Não pode ser ...

Então, ela também é presa por um dos minerais. E assim, mais cristais começam a emergir sob os *Starborns* e a aprisioná-los. Surpreendidos, alguns tentam correr, mas aos poucos são pegos. Entre eles, o demônio Kroni saca sua espada e olha atentamente para os lados, quando sente uma energia abaixo, ele salta para trás, mas ao colocar os pés no chão novamente, acaba sendo preso.

Em meio ao caos, a anja Paine transmitia sua tranquilidade enquanto via seus companheiros sendo aprisionados e escutava os gritos desesperadores. Então, ela fecha os olhos, envolve o seu corpo com as suas graciosas asas e se deixa ser presa por um dos cristais. Ali, uma espécie de jardim brilhante se formava por toda a área e pequenos galhos caíam do alto.

De volta ao núcleo da árvore, a poderosa energia de Morfeo ainda estava ligada com o coração dela enquanto ele colocava seu plano em prática. Diante disso, Alexia consegue se levantar, mas ainda estava fraca e apavorada demais para fazer algo:

Alexia – PARE!! VOCÊ ESTÁ FERINDO A ÁRVORE!! TODA A CIDADE IRÁ CAIR!!

Mesmo alertado, o zorn continuava em seu perigoso feito sem se importar com as consequências. Os olhos vermelhos dele brilhavam intensamente e a sua energia entrava em sincronia com a da Árvore Ancestral:

Morfeo – Não adianta irmã! O universo precisa de um ser mais perfeito do que aqueles que se chamam de deuses! Só existirá um *Starborn* cujo corrigirá todos os mundos defeituosos dessa galáxia!! Eu!!

De repente, o grande cristal começa a emitir um brilho muito mais forte do que antes e um barulho grave é escutado por todo o seu arredor. Ali, a Árvore Ancestral era ferida gravemente e Alexia lhe observava com uma expressão de espanto. Então, ela range os dentes e realiza um grande salto na direção de seu irmão numa tentativa de impedi-lo, mas neste momento, ele percebe a sua atitude. Eis que uma grande carga de energia sai do cristal, atinge a rainha e a faz gritar em pleno ar, e assim, ela acaba caindo ainda mais atordoada até ficar presa sobre vários cipós abaixo e terminar inconsciente.

Enquanto isso, uma gigantesca sombra com asas surgia entre as nuvens do céu, e dali, um raio negro é disparado. Esse segue em grande velocidade até explodir numa das extremidades do Altar Divino e causar um grande impacto cujo cria uma densa avalanche de energia escura. Logo ela arrasta várias ruínas do local até atingir os cristais e criar uma enorme nuvem de poeira ali.

Imediatamente, Morfeo sente o ataque e se afasta do coração da árvore. Em seguida, ele fica assustado e pensativo por alguns segundos, até perceber o que estava acontecendo e dizer com um certo tom de temor:

Morfeo – Sirius ...

Naquele momento, as altas sirenes da cidade continuavam tocando e a nave Predadora da Escuridão se aproximava do topo da Árvore Ancestral. Com sua gigante estrutura, ela começa a sobrevoar o lugar espalhando um intenso barulho pela região.

No Altar Divino, os tremores cessaram, mas a poeira ainda estava espalhada e o local ficou destruído. Os escombros se encontravam por toda parte e estilhaços de cristais eram vistos pelo piso, onde também havia cadáveres de *Starborns* cujo não sobreviveram ao ataque. Aquele altar cujo era destinado a paz e harmonia, se tornou um cemitério.

Pouco tempo depois, em meio à poeira, passos são escutados, pois uma sobrevivente caminhava cambaleante. O traje estava danificado e a raiva se destacava em seu rosto onde havia uma pedra de diamante na testa. Aquela era a Zaira, com uma respiração ofegante e tomada pelo medo. Eis que o demônio Kroni começa a se aproximar pelo seu lado direito arrastando a ponta da espada no piso e trazendo muitos arranhões no rosto. Seus chifres cresceram um pouco mais, afinal, eles reagiam ao nível de sua raiva. Logo os dois capitães se encontram, ambos cansados e assustados com a situação:

Kroni – O que foi tudo isso?

Zaira – Eu não sei... Mas acho que estamos prestes a descobrir.

Neste momento, os dois sentem uma tenebrosa presença à frente e logo olham para lá. Entre a poeira, uma sombra começa a surgir, seguida de outra cujo era 3 vezes maior. Apreensivos, os *Starborns* se deparavam com o Sirius e seu mascote Cérbero.

No rosto do vilão, uma frieza fora do comum se destacava diante da destruição e em seu punho esquerdo havia um comunicador com uma pequena tela. Quando ele para junto com o seu aliado, surge um grande silêncio naquele lugar. Diante da nova ameaça, o olhar de Zaira era raivoso e ela já apertava os punhos dizendo:

Zaira – Seu maldito ...

Ao perceber o nível de tal hostilidade, Sirius se mantém calmo:

Sirius – Não tema minha criança. Eu salvei a sua vida.

Zaira – Não me venha com mentiras! Você causou tudo isso!

Sirius – Será mesmo? Quem de nós aqui foi aprisionado por um misterioso cristal?

Quando escuta aquilo, Zaira fica pensativa, então, brevemente ela olha para o lado e avista um dos cadáveres. Enquanto isso, Kroni estava com os olhos semicerrados e atento a situação:

Sirius – É isso mesmo, aposto que sentiram uma energia se esvaindo de seus corpos no breve momento em que estiveram presos. Vocês foram enganados... O Morfeo queria usá-los através do poder da Árvore Ancestral. O verdadeiro plano dele era tirar os seus poderes para colocá-los em si mesmo para se tornar um ser superior com base em toda essência da estrela Xúria. E vocês, são as presas dele.

Neste momento, ao lado e sobre alguns destroços, Séfi estava vivo e abaixado. Seu traje verde-escuro ficou danificado e em seu rosto grotesco havia alguns ferimentos. Dali, ele via a cena e escutava toda a história enquanto a Zaira começava a entrar em estado de choque:

Zaira – Não... Isso não é verdade. Ele jamais faria isso conosco. Ele nos prometeu um poder verdadeiro e único.

Sirius – Sim, isso tudo dentro dele enquanto seus corpos se tornariam apenas carcaças vazias aprisionadas aqui. A cidade inteira iria cair e as provas para tamanha heresia seriam esquecidas juntas com ela.

O silêncio toma conta do lugar e o olhar medonho de Cérbero mirava nos *Starborns*. Diante daquela verdade, Kroni permanecia atento a Sirius, mas sua amiga acaba abaixando a cabeça. Ela se sentia muito abalada e nem apertava os seus punhos, afinal, a traição era uma sensação de perda. Mesmo presenciando a situação da guerreira, Sirius se mantém superior e continua dizendo:

Sirius – Eu não os avisei sobre essa farsa no começo, pois pensei em uma possível mudança de ideia do meu irmão. Mas ele insistiu no erro e aqui estamos nós... na beira de uma iminente destruição.

Ao ouvir aquilo, Zaira volta a olhar para o Sirius:

Zaira – Do que está falando?

Então, ele começa a sentir uma enorme excitação e fala com a sua voz sombria:

Sirius – Assim como o meu irmão, Alexia foi imprudente e cega. Por isso, exercerei o meu direito sobre Devin e criarei uma nova ordem. Vou destruir a Árvore Ancestral e reconstruir essa cidade... Chega de culturas antigas e ídolos falsos. Ela será marcada pelo sofrimento e se tornará um lugar melhor. E eu gostaria de ter vocês ao meu lado.

Zaira – Jamais vamos fazer parte desse genocídio.

Sirius – Bom, isso é uma escolha sua. Mas saiba que se aceitar, eu darei a vocês a tão sonhada promessa que ele deveria ter lhes concedido. Vocês se tornarão fortes por conta própria, vão ganhar exércitos e armamento o suficiente para voltarem a seus planetas e construírem o tão sonhado mundo que tanto desejam. Afinal, a vida é feita dessa maneira, sobre a realidade, e não em contos de fadas.

Tais palavras fazem a Zaira ficar calada e muito confusa com toda aquela situação. De repente, Kroni passa caminhando ao seu lado e acaba chamando sua atenção:

Zaira – O que está fazendo?

Ao ver aquela atitude, Cérbero começa a rosnar e fica desconfiado, mas logo seu dono lhe estende a mão e o acalma. Naquele momento, o demônio estava sério e seguia tranquilamente na direção deles dizendo:

Kroni – Eu nunca me importei com as vidas de cidades como essa. Tudo o que eu quero, é o poder para dominar a minha civilização e massacrar todos aqueles malditos anjos que sempre nos menosprezaram. Se o Sirius pode me oferecer tamanha oportunidade... que assim seja.

Eis que surge um sorriso de satisfação no rosto de Sirius:

Sirius – Você tem um bom coração, meu caro amigo. Acredite, eu lhe darei tudo aquilo que desejar, e você viverá para isso.

De repente, um forte grito ecoa ao lado direito:

Morfeo – JÁ CHEGA!

Ao ouvirem isso, todos se voltam para lá, onde Morfeo vinha caminhando seriamente com uma espada vermelha em sua mão. Ao vê-lo, uma fúria começa a tomar conta da mente de Zaira. Enquanto isso, Séfi fica irritado, mas mantém a sua posição e continua assistindo a cena. Sirius ainda se mostrava calmo, mas seu mascote Cérbero rosnava e estava pronto para o ataque.

Sem medo algum, Morfeo fica a 10 metros de distância deles e mostra a sua raiva. Diante disso, o ditador continua sorrindo e assim surge a conversa:

Sirius – Olha só quem resolveu aparecer.

Morfeo – Sirius, vá embora daqui, ou irá sofrer as consequências pelas minhas próprias mãos.

Ao escutar aquilo, o ditador estende os braços dizendo:

Sirius – Consequências? Olhe em volta meu irmão. Tudo isso foi causado por você e suas ideias. Seus próprios pupilos foram enganados pelo seu orgulho. E como sempre, eu estou aqui para corrigir os seus pecados como um bom irmão mais velho faz.

Morfeo – Eu não vou discutir com você.

Eis que todos escutam um barulho de energia, e quando olham para lá, vêm a Zaira com duas espadas de diamante em seus punhos. Ela mirava o seu olhar furioso diretamente para Morfeo e logo começa a falar:

Zaira – Você me enganou... Destruiu os meus sonhos.

Mesmo acusado daquela maneira, ele se mantém sério:

Morfeo – Zaira, se controla. O Sirius está iludindo você.

De repente:

Zaira – CALA A BOCA!!

Esse grito acaba deixando Morfeo impressionado, pois ele conseguiu sentir a hostilidade apenas em seu ecoar. Enquanto isso, Sirius, Cérbero e Kroni continuavam vendo a cena e a aflição de Zaira se tornava ainda maior a ponto de sua própria voz ficar mais grave:

Zaira – Eu acreditei na sua promessa... fiz tudo o que pediu... mas no final... você tentou me matar!

Naquele momento, a pedra na testa da guerreira ficava roxa, aquele era o sinal de sua ira. Ao perceber isso, Morfeo abaixa a cabeça e fecha os olhos, em seguida, fala tranquilamente para ela:

Morfeo – É verdade que eu tentei sugar a essência de seus poderes para mim e que vocês iriam morrer com isso. Mas em meu interior, todos ainda estariam vivos. Vocês veriam o mundo através dos meus olhos e sentiriam a mesma sensação.

Diante daquelas distantes palavras, Séfi entendia os planos de Morfeo e sabia que eles eram errados, mas naquele momento, Sirius se mostrava cético e logo fala para o Kroni:

Sirius – Kroni, essa história de que vocês não são páreos para o Morfeo é outra mentira. Então, acabe com ele, eu vou terminar o serviço.

Sem mais delongas, o zorn se vira e começa a caminhar enquanto Kroni mostrava um sorriso malicioso em seu rosto e preparava a sua espada dizendo:

Kroni – Será um prazer para mim.

Mesmo sendo intimidado, Morfeo continuava calmo.

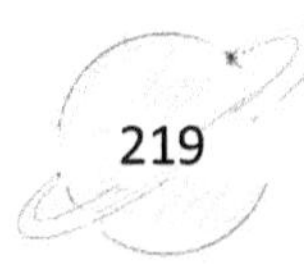

Eis que o Sirius leva seu punho esquerdo até a boca e usa um comunicador para conversar com o seu assistente robótico:

Sirius – Megano, comece a destruir a cidade e faça todos sentirem o que é desespero.

De repente, a grande Predadora da Escuridão começa a manobrar para o lado agitando todos os galhos sobre o Altar Divino. Dentro dela, o robô Megano operava no painel de comando enquanto o brilho vindo da grande janela refletia em sua viseira.

Lá embaixo, Morfeo olhava para a nave e seus cabelos agitavam. Então, ele escuta um grito e logo vê a Zaira correndo em sua direção se mostrando muito furiosa e arrastando suas espadas pelo piso. Ao olhar para o outro lado, Morfeo se depara com Kroni, cujo também corria, mas trazia um sorriso no rosto. Ali, o zorn percebe que havia perdido a confiança de seus leais pupilos, e uma perigosa batalha estava por vir.

Enquanto isso, Sirius e Cérbero caminhavam tranquilamente pelo lugar. No rosto do ditador, um olhar de maldade se destacava, afinal, seus planos começavam a entrar em ação.

CAPÍTULO 8: A BATALHA PELA VIDA

Sirenes altas tocavam numa grande cidade onde vários civis fugiam desesperadamente enquanto a perigosa Predadora da Escuridão sobrevoava os prédios. Os fortes sons dos motores ecoavam pelos arredores e diversos canhões se posicionavam por toda sua extensão, e assim que ficam prontos, os ataques começam. Com muita precisão, alguns deles acabam acertando os edifícios e derrubando muitos destroços. As ruas também são atingidas e um intenso caos toma conta daquela parte da metrópole.

Em grande velocidade, os Sentinelas socorriam os civis que estavam em meio ao perigo e várias naves de combate já iam para o contra-ataque. Destacando suas cores prateadas, elas disparam centenas de raios brancos na gigantesca Predadora, mas nenhum deles danifica sua estrutura.

As pequenas naves eram ágeis e se moviam no ar como se fossem moscas. Alguns dos Sentinelas também se aproximavam da inimiga e atiravam com os seus canhões, e assim, uma grande batalha aérea acontecia sobre a cidade de Devin. Ao ser almejada pelos ataques, a Predadora para de mover e fica sobrevoando os prédios enquanto emitia um som grave. Por toda sua estrutura surgiam pequenas explosões, mas até mesmo essas não lhe causavam efeito algum.

Ecoando barulhos agudos de seus propulsores, as naves voavam atacando constantemente pelo céu. Logo uma delas sobe até o alto da inimiga, se vira para baixo e desce atirando várias vezes. No interior dela, o piloto com traje prateado apertava os botões de disparos no manche e via tudo pela sua cabine. Ao se aproximar da Predadora, ele faz uma manobra para o lado e se afasta em grande velocidade. De longe, era possível ver a enorme nave cercada pelas pequenas.

Enquanto isso, o robô Megano continuava atento aos seus comandos e via os alvos nos radares, então, ele fala com sua voz eletrônica:

Megano – Iniciar obliteração.

De repente, todos os canhões da nave se movem para pontos específicos, em seguida, começam a disparar várias vezes formando altos estrondos no céu. Emitindo sons agudos pelo ar, os ataques seguem até se explodirem nos alvos em todas as partes. Os sons constantes das destruições pareciam uma melodia sendo tocada em meio ao céu. Os Sentinelas também eram atingidos e em pouco tempo, uma chuva de destroços incendiados caía na cidade.

O contra-ataque da Predadora era muito poderoso e as explosões causavam um enorme caos por toda região. Abaixo, uma das naves acaba seguindo sem controle até atravessar a parede de um prédio. Nas ruas, alguns civis ainda fugiam e as carcaças caíam constantemente enquanto os rastros de fumaça ficavam no ar. Um massacre acontecia em Devin e aos poucos ela era marcada pela violência de um ditador sem escrúpulos. Muitos zorns já se encontravam mortos em meio às chamas, destroços ainda caíam, gritos eram escutados e um cenário de caos havia sido criado. Enquanto isso, a Predadora da Escuridão se destacava no céu, onde sua imagem era assustadora e seu controle sobre a cidade se mostrava supremo.

Lá dentro, Megano comandava todas as armas e se mostrava quieto, mas algo começa a apitar no radar e chama a sua atenção. De repente, a *Dragonforce* chega se esbarrando na lateral da inimiga e rapidamente desliza seu escudo azul por sua estrutura, fazendo ela até girar um pouco. Com todas as partes acopladas, o trem espacial voa para o alto ecoando sons agudos e constantes pelo céu.

Mesmo com o inesperado impacto, a Predadora consegue se manter no ar e logo começa a perseguir a rival. Na cabine principal, Megano estava atento aos comandos nos painéis onde dezenas de miras travavam em um novo alvo.

Naquele momento, Xino pilotava a *Dragonforce* e Max estava ao lado como navegador. Os dois pequenos *Starborns* decidiram ajudar a cidade, mesmo eles sendo apenas crianças inexperientes:

Xino – Será que a gente chamou a atenção dela?!

De repente, surge um grande estrondo no veículo e os dois sentem o impacto, em seguida, eles olham para a grande janela à frente e vêm vários raios amarelos os ultrapassando. Diante disso, surge a resposta de um deles:

Max – Acho que sim!!

Abaixo, a Predadora atirava com todas as suas armas. Alguns dos ataques atingiam a rival, mas ela estava protegida pelo escudo azul e continuava ganhando altitude fazendo um barulho agudo ecoar pelos céus.

Enquanto isso, ao voar rapidamente por entre vários galhos, Annes acaba chegando sobre o Altar Divino. Ali, ela estava muito atenta e logo escuta barulhos estranhos abaixo.

Lá estava o Morfeo, saltando para os lados e se esquivando de grandes diamantes lançados pela Zaira cujo estava furiosa e cristalizava o ar em sua frente com muita agilidade. Ao gritar euforicamente, ela concentra ainda mais a sua energia e lança um projétil maior do que os outros, e esse, segue fazendo um som grave pelo ar. De repente, ele é cortado ao meio por uma grande lâmina vermelha e logo o Morfeo lhe atravessa com um intenso brilho nos olhos. Quando se afasta dos diamantes, uma grande bola de fogo roxo surge pelo lado direito e lhe acerta com muita brutalidade. O zorn acaba sendo empurrado, mas ao chegar no chão, ele consegue deslizar com as pernas e se manter de pé enquanto algumas pequenas chamas se apagavam pelo traje. Ao olhar para frente, ele vê o Kroni correndo com a espada e trazendo uma expressão medonha em seu rosto.

Ali, o demônio arrasta sua lâmina pelo piso, cria uma rajada de fogo roxo e logo a lança para frente como se fosse uma pequena onda. Pelo caminho, ela espalhava todos os destroços deixando um rastro de destruição. Ao se aproximar da frente de

Morfeo, ele se esquiva com muita elegância para o lado e faz a técnica passar direto. Logo em seguida, o zorn salta para trás pouco antes duma grande estaca de diamante se enfincar naquele local.

Ainda de pé e atento, ele se surpreende, pois a Zaira se aproxima inesperadamente com uma espada cristalizada em sua mão direita e gritando:

Zaira – Você me enganou!!

Logo ela inicia uma sequência de ataques pelos lados, mas Morfeo usa sua a arma e começa a se defender com muita precisão. Ali, as faíscas vermelhas saltavam a cada golpe enquanto a fúria de Zaira era vista em seus olhos:

Zaira – Eu confiei na sua promessa!! E você roubou os meus sonhos!!

De repente, os dois cruzam as lâminas e um forte barulho surge entre elas. Neste momento, o zorn encara a guerreira e a escuta dizer com muita raiva:

Zaira – Eu jamais vou te perdoar!!

Eis que o brilho de seus olhos vermelhos fica intenso e ele a chuta na barriga com muita força. E assim, Zaira é lançada até cair de costas a 15 metros de distância. Naquele momento, Morfeo se mostrava calmo diante da situação e sua postura ainda era empoderada. Mas mesmo com a diferença de poder, Zaira consegue se levantar e sua fúria fica ainda maior, então, ela volta a correr para o ataque.

Ao olhar para o lado, Morfeo percebe que o Kroni também ia em sua direção. Enfrentar seus dois antigos discípulos daquela forma se tornava cada vez mais complicado. A guerreira estava fora de controle e voltava a gritar, enquanto o demônio mostrava um sorriso malicioso e se aproximava com sede de morte. Logo eles chegam a 4 metros da frente de Morfeo e movimentam as armas para o ataque. De repente, Séfi surge saltando pelo alto do zorn e segue para o meio deles até atingi-los com os seus dois braços. Juntos, eles são empurrados pela super força do várvaro e acabam caindo a 10 metros de distância.

Sob o clima tenso daquela batalha, Séfi se mostrava com raiva e logo Morfeo se aproxima ao lado dizendo tranquilamente:

Morfeo – Você demorou.

Séfi – Eu não estou a seu favor aqui! Mas não vou deixar essa cidade cair, nem que eu morra tentando!

Surpreso com aquelas palavras, o zorn olha para o várvaro enquanto seus rivais já se levantavam:

Séfi – Morfeo, você é o único que pode derrotar o Sirius. Vá atrás dele, eu vou dar conta desses dois. Quando tudo acabar, nós acertaremos as nossas contas.

Morfeo – Que assim seja.

Sem mais delongas, o zorn se vira e corre bravamente para deter o seu irmão. Naquele momento, Séfi se preparava, pois Kroni e Zaira caminhavam em sua direção num jeito intimidador. O clima ali era pesado e a tensão ainda tomava conta do lugar, e assim, surge o diálogo à distância:

Kroni – Escolheu o lado errado Séfi!

Zaira – Saia do caminho! Eu vou acabar com o Morfeo!!

Séfi – Zaira, se controla! O Sirius está manipulando vocês dois!! Nós ainda podemos resolver isso!

Zaira – Eu sei muito bem o que eu quero! E ninguém vai me impedir!

Kroni – O que pensa que vai fazer?! Várvaro inútil! Você não tem chances contra nós dois! Está sozinho!!

De repente, todos escutam uma voz doce e suave vinda do alto:

Paine – Quem disse que ele está sozinho?

Eis que a Paine aterrissa com muita tranquilidade ao lado de Séfi, e em suas mãos, ela trazia duas espadas longas cujo as lâminas eram brancas. A anja não estava ferida e sua postura era graciosa. Ao vê-la, Kroni perde o sorriso e fica furioso:

Kroni – Você ...

Impressionado com o repentino apoio, Séfi conversa com ela:

Séfi – Pensei que estava morta.

Paine – Hoje não, pelo visto o meu propósito teve um leve desvio. Morfeo nos enganou e eu não aprovo isso, portanto, eu farei de tudo para proteger essa cidade.

Séfi – Mas eu ouvi falar que você não luta.

Neste momento, um sorriso excitante surge no rosto da anja, em seguida, ela fala tranquilamente:

Paine – É verdade... Eu não luto... Eu simplesmente estraçalho.

De repente, Paine bate as asas para trás com muita força e segue em grande velocidade para frente fazendo o Séfi até se proteger devido a poderosa ventania deixada. Quando Kroni se assusta, a anja chega o acertando de baixo para cima com as duas espadas num ataque tão brutal, que até o lança para o alto e danifica o seu traje. Ao atingir 15 metros de altura, o demônio ainda estava muito surpreso com o impacto que sofreu, e logo vê a Paine chegando em sua frente exibindo um olhar de superioridade e destacando um certo brilho de suas asas. A rapidez daquela *Starborn* era algo impressionante e combinava com toda sua divindade. Logo ela acerta o alvo numa poderosa investida e o manda para baixo. Sob uma grande pressão, ele cai capotando pelo piso até firmar as pernas, seguir deslizando e dizer com muita raiva:

Kroni – Sua maldita!

De repente, Paine chega lhe enfincando uma das espadas na barriga e o leva em grande velocidade para o alto enquanto abaixo, Zaira gritava e corria na direção de Séfi. No meio do caminho, ela dispara uma grande esfera de diamante. Apreensivo e tomado por um sentimento de determinação, o várvaro concentra a sua energia e rapidamente expande os seus músculos.

Quando o ataque se aproxima, ele o rebate com um poderoso soco e o manda para o lado.

Sem perder tempo, Séfi pega impulso e realiza um grande salto para cima da rival. Em pleno ar, ele acaba se deparando com uma parede de diamantes sendo cristalizada em seu caminho. Mesmo assim, o várvaro segue adiante, grita bem alto e chega socando o obstáculo com sua super força, e assim, ele o atravessa exibindo um olhar raivoso enquanto o som do impacto ecoava pelos arredores.

Pouco longe dali, o silêncio predominava numa área cercada por árvores altas, onde o Sirius caminhava demonstrando uma expressão séria e estava disposto a cumprir os seus planos. Eis que ele escuta o Cérbero agonizando logo atrás, mesmo assim, continua andando sem se importar com o animal.

Quando o grande cão cai inconsciente, Morfeo segue correndo e materializando a sua espada vermelha em direção do ditador. Ali, ele estava furioso e pretendia pôr um fim naquela situação. Pelo caminho, o zorn salta e ataca fazendo a sua arma se esticar até o alvo. De repente, Sirius desaparece deixando um rastro de fumaça negra e a lâmina acaba se enfincando no chão.

Em pleno ar, Morfeo se impressiona com aquele poder, mas logo o inimigo surge em sua frente lhe acertando com um forte chute e o lançando para trás até ele cair rolando. Mesmo estando um pouco assustado, o zorn se levanta rapidamente e neste momento, Sirius ressurge em sua frente o golpeando com vários socos no rosto. Esses fortes ataques se estalavam na pele de Morfeo e o deixavam atordoado, então, seu irmão acerta o punho esquerdo em sua barriga formando um impacto tão poderoso, que até o lança para trás. Dessa vez, Morfeo cai de costas pelo piso até parar, em seguida, ele se levanta cambaleante e logo destaca a raiva em seus olhos vermelhos.

Então, Sirius realiza um grande salto, começa a ganhar muita altitude, materializa uma catana negra de 2 metros em sua mão direita e exclama para o seu irmão:

Sirius – Vou te mostrar o significado de dor!!

Ao atingir 20 metros de altura, ele golpeia o ar para baixo e lança uma enorme lâmina de energia negra. Ela ecoava um som agudo e seguia rapidamente para cima de Morfeo. Diante do perigo, ele segura sua arma com as duas mãos e seus olhos vermelhos voltam a brilhar.

Quando a lâmina de energia se aproxima, o zorn se protege através da espada e a segura firmemente. Mesmo sob uma grande pressão, ele se esforça ainda mais e logo a desvia para o lado, bem no momento em que Sirius já vinha caindo em sua direção e erguia a catana. De repente, o ditador desaparece e ressurge atrás de Morfeo tentando lhe cortar o pescoço, mas numa grande velocidade, ele se abaixa a tempo e escapa do golpe fatal que até fazia barulho no ar, em seguida, se move para frente como se fosse uma forte ventania até se afastar do inimigo.

Ao chegar numa distância segura, Morfeo se vira erguendo a espada, mas logo Sirius aparece em sua frente e inicia uma sequência de ataques o forçando a se defender bravamente. Em meio aos movimentos, faíscas vermelhas e negras saltavam das lâminas materializadas, os barulhos dos impactos eram altos e os movimentos estavam bastante precisos. No rosto de Morfeo, a seriedade se destacava enquanto o Sirius mostrava um olhar intimidador e medonho. Ali, os dois irmãos se enfrentavam numa enorme ferocidade e nenhum deles pretendia recuar.

Sobre os céus da cidade e protegida pelo escudo azul, a *Dragonforce* fazia uma curva para frente seguida de dezenas de raios amarelos disparados pela Predadora. Naquele momento, os estrondos eram sentidos no interior do trem espacial onde Xino estava atento e continuava pilotando. Ao lado, Max olhava assustado para um dos painéis e logo conversa com ele:

Max – Ei! Nossos escudos estão em 60%!!

Xino – Temos que responder ao fogo inimigo!!

Max – E como fazemos isso?!

Xino – Ative as contramedidas!!

Sem pensar duas vezes, o menino vê uma alavanca no painel e rapidamente a puxa. Neste momento, todas as correntes de energia que prendiam a Z-5 são cortadas e ela acaba sendo desacoplada. Em pleno ar, a nave segue perdendo altitude e rapidamente é explodida por vários disparos da Predadora, em seguida, acaba sendo ultrapassada por ela.

Indignado com a estupidez do parceiro, Xino continua pilotando a *Dragonforce* e começa a discutir com ele:

Xino – Ah! Você é doido ou o quê?!

Max – Aí! Eu não fui formado em navegação de uma nave como essa!!

Xino – Não é uma nave! É um trem espacial!!

Max – Ah! Tanto faz!!

De repente, os dois sentem alguns estrondos poderosos atingindo o escudo e se assustam ainda mais.

Naquele momento, o robô Megano continuava quieto enquanto controlava toda a nave e logo fala com a voz eletrônica:

Megano – Vocês também serão obliterados.

E assim, a *Dragonforce* continua voando em grande velocidade e sob a pressão dos ataques da Predadora.

De volta ao Altar Divino, a Zaira gritava e tentava atacar o Séfi com as suas espadas de diamante, mas ele recuava e se esquivava ao mesmo tempo. Sua amiga estava completamente descontrolada e logo começa a falar:

Zaira – Saia do meu caminho!! O Morfeo tirou todos os meus sonhos e vou matá-lo a qualquer custo!!

Eis que ela movimenta as duas lâminas por cima, porém, o várvaro segura os seus antebraços e lhe impede a tempo. Então, ele usa a sua super força, leva a rival para o lado e lhe lança pelo ar. Dessa forma, Zaira cai rolando a 8 metros de distância e até levanta poeira.

Neste momento, Séfi sente uma presença atrás e logo se vira assustado, mas ali, ele acaba se deparando com a Annes, cujo estava de braços cruzados e o observava tranquilamente:

Annes – Sabe que eu posso acabar com essa luta em um minuto, né?

Irritado, ele vai até ela e começa a discutir:

Séfi – O que está fazendo aqui?!

Annes – O mesmo que você! Nós não vamos deixar o Morfeo destruir essa cidade!

Séfi – "Nós"?

Annes – Sim, Max e Xino estão na *Dragonforce* enfrentando a Predadora.

Ao saber daquilo, o várvaro fica ainda mais preocupado e passa a mão em sua careca. De repente, os dois escutam um dos fortes gritos de Zaira e olham para lá. Naquele momento, ela se levantava ainda mais furiosa e sua respiração estava forte. Diante disso, Séfi se prepara e conversa com a Annes:

Séfi – A Zaira está fora de controle. O Morfeo é o único que pode parar o Sirius, por isso, eu tenho que segurá-la aqui.

Annes – Bom, e o que eu posso fazer?

Séfi – Já que você e aqueles dois idiotas nunca me escutam...
Vá para o núcleo da Árvore Ancestral e o proteja a todo custo!
Se o Morfeo não deter o Sirius, você será a nossa última
esperança.

Annes – Ok... Mas saiba que se você morrer nas mãos de
Zaira, a culpa é sua.

Sem mais delongas, Annes voa para o alto e deixa o amigo
cujo acaba dizendo com um sorriso no rosto:

Séfi – Hum... Exibida.

Então, ele parte correndo em direção da batalha destacando
uma intensa coragem em seu olhar.

Longe dali, Kroni foi arremessado pelo ar e atravessava vários
galhos em grande velocidade. Logo ele colide de costas num
tronco e agoniza, em seguida cai até uma plataforma e amortece
a queda com as pernas. Tomado pela raiva e com um ferimento
na barriga, o demônio se levanta olhando para o alto, bem onde
estava Paine, batendo as suas asas e lhe encarando
tranquilamente.

Ali, os *Starborns* se encontravam em um espaço-porto acima do Altar Divino, repleto de naves e com muitos galhos de diferentes tamanhos lhe cercando. Paine era uma grande guerreira e tinha muita força em si, mas o seu jeito calmo de ser, ocultava tais talentos. Os chifres de Kroni cresceram ainda mais devido à agitação que sofria, e nesse sentimento, ele conversa com sua rival à distância:

Kroni – Eu esperei muito tempo por isso!

Paine – Deveria ter escolhido o lado certo nessa batalha!

Kroni – Eu escolhi o meu lado! Com o poder suficiente, eu posso acabar com toda a sua raça que sempre nos menosprezou!! Em seguida, vou reerguer a minha civilização e criar uma utopia para ela em cima dos ossos dos seus companheiros!

Paine – Será mesmo? Olha só para você, apanhando de uma criança que nem ao menos lhe considera um adversário à altura!

Tais palavras afetam a mente do demônio e conseguem enfurecê-lo o fazendo até apertar o punho no porte de sua espada. Diante do que sentia, ele abaixa a cabeça e range os dentes. Ali, as memórias humilhantes torturavam sua mente maléfica e acabam lhe forçando a dizer:

Kroni – Vocês anjos são sempre assim... Se acham superiores... Mas hoje ...

De repente, ele olha para o alto e grita expelindo até a saliva da boca:

Kroni – EU VOU MOSTRAR QUE A ESCURIDÃO É MUITO MAIS PODEROSA!!

Então, Kroni ergue o braço esquerdo, concentra uma grande carga de energia em sua mão aberta e rapidamente cria uma imensa esfera de fogo roxo. Mesmo diante daquilo, Paine continuava calma e até fecha os olhos um pouco. As chamas se moviam violentamente e pareciam emitir sons de gritos em seu interior.

Neste momento, seu inimigo olha para o alto e quando fecha o punho, a esfera começa a se dissipar em dezenas de outras pequenas cujo decolavam numa enorme velocidade. Quando elas se aproximam ecoando sons agudos, Paine usa sua agilidade e começa a se esquivar fazendo os ataques passarem apenas pelos seus arredores. Eles faziam barulhos como se fossem flechas e deixavam um certo calor no ar, mas a anja batia suas asas para várias direções e escapava deles tão rápido, que seu corpo parecia até se distorcer durante os movimentos. Consequentemente, as esferas atingiam uma certa altura e em seguida caíam nos galhos ao redor, e assim, um grande incêndio começava a se formar.

Como se estivesse numa dança contra o perigo, Paine continuava batendo as asas e escapando para os lados. Em um breve momento, ela rebate um dos ataques com as espadas e logo volta a se esquivar. Aos poucos, a esfera ficava menor enquanto dispersava sua chuva de fogo para o alto. Pelos arredores, o incêndio já atingia as naves e equipamentos, as chamas roxas se alastravam pelos pequenos galhos e um ambiente torturante acabou sendo criado.

A técnica de Kroni termina e ele fica olhando com raiva para o céu, pois lá estava a Paine, intacta e lhe encarando sem preocupação alguma. Irritado, o demônio range os dentes e pega tanto impulso que os músculos de suas pernas até aumentam:

Kroni – Vou fazer você engolir as suas palavras!!

Então, ele realiza um grande salto para o alto e grita como um louco. Em pleno ar e cercado por um intenso incêndio roxo, o demônio segurava a espada com as duas mãos e se preparava para o ataque.

Neste momento, Paine fecha os olhos, estica os braços e suavemente se deita para trás sentindo uma leve brisa lhe atingir. Quando seu corpo gira por completo, ela bate as asas com muita força e segue numa enorme velocidade em direção do inimigo. Logo a anja se aproxima e cruza as espadas com a dele onde até as faíscas saltam para os lados.

Então, Paine bate suas asas para baixo e apenas a força delas é o suficiente para mandar o Kroni de volta. Mesmo assustado, ele cai girando o corpo até conseguir aterrissar em segurança. De repente, a anja o atropela brutalmente pelo lado e o gira no ar. Aquele poderoso ataque fez os olhos do demônio se arregalarem de uma maneira medonha, mas antes dele cair, Paine se aproxima por baixo, lhe ataca ferozmente com as espadas e o joga ainda mais para o alto. Sem ter tempo de reagir, Kroni segue atordoado pelo ar e logo fala com muita raiva:

Kroni – Sua criatura miserável!

De repente, a anja chega em grande velocidade sob ele, o chuta com muita força nas costas e o impulsiona mais uma vez. Quando atinge 20 metros de altura, o demônio tenta controlar seu corpo, mas logo escuta o bater de asas e acaba se apavorando. Então, a anja chega pelo alto lhe acertando com as duas espadas em seu peitoral e o manda para baixo sob o peso de uma enorme força.

Ao ser ferido gravemente, Kroni segue até cair de lado contra o piso e levantar poeira. De repente, Paine surge pisando em sua cabeça com a perna direita enquanto os braços estavam erguidos para cima. Naquele movimento, ela se mostrava graciosa e sua beleza se destacava em meio à brutalidade, onde o demônio era humilhado de uma maneira que ele jamais esperava.

Então, Paine voa para o lado e aterrissa numa certa distância segura. Ali, ela ainda estava calma e observava seu inimigo, mas não via nenhum sinal de vida dele. A batalha estava sob controle e nada abalava a paciência daquela bela anja. De repente, uma explosão de fogo roxo surge no local em que Kroni estava, e isso, a faz ficar intrigada.

Lá, as chamas cresciam e ecoavam gritos de agonia, o traje negro começava a rachar e os músculos do demônio se expandiam. Em seus dedos, garras afiadas surgiam rasgando a pele e ali, o demônio ganhava uma nova forma. Um rosnar é escutado do meio das chamas, em seguida, uma voz monstruosa surge de seu interior:

Kroni – Você se acha melhor do que eu!! Mas agora, você despertou o meu verdadeiro poder de *Starborn*!! O seu fim... Chega hoje!!

Diante do que vê, Paine se posiciona com as espadas, pois naquele momento, uma grande pata dá um passo tão forte que até racha o piso. Ali, uma fera com 5 metros de altura surgiu, seus chifres curvados para trás eram negros, os olhos roxos tinham pupilas afinadas, seus músculos destruíram todo o traje e a pele cinza possuía várias veias azuis por baixo. Nas costas, um par de asas com escamas se abriam enquanto uma cauda balançava de um lado para o outro. Aquele era o novo Kroni, com um rosto monstruoso onde o olhar assassino mirava sobre a pequena Paine. Mesmo diante dele, ela ainda se mostrava tranquila e assim fala:

Paine – Uau... Por essa eu não esperava.

De repente, o monstro parte correndo para o ataque deixando as marcas de suas patas pelo caminho.

Longe dali, um grito de agonia ecoava, ele veio de Morfeo cujo acabava de ser lançado após um forte golpe. Em pleno ar, ele gira o corpo e aterrissa deslizando com as pernas pelo piso. Ao erguer a cabeça mostrando um olhar de raiva, o zorn se depara com o Sirius correndo em sua direção e segurando a catana negra.

Quando ele chega à frente, inicia outra sequência de ataques pesados em seu irmão, mas ele começa a recuar e a se defender com a espada vermelha. Os impactos das lâminas se encontrando eram escutados a distância e logo os dois acabam cruzando elas. Ali, eles se encaram num clima tenso e pesado, Sirius mostrava um sorriso malicioso, mas Morfeo o olhava com raiva:

Sirius – Você ainda não percebeu a diferença dos nossos poderes, não é?

Morfeo – Eu compreendo... Mas não vou deixar você destruir os meus planos.

Sirius – Hum... A sua ambição será a sua ruína!

De repente, Sirius desaparece e quando o Morfeo se desiquilibra para frente, ele ressurge em seu caminho lhe acertando com a espada no peitoral. A força é tanta que o zorn acaba sendo lançado para trás, e assim, ele cai levantando poeira. No traje vermelho, a marca da lâmina ficou a mostra, mas mesmo atordoado, Morfeo volta a se levantar. À frente, Sirius olhava para a palma da mão esquerda e mostrava a sua calma, então, ele fala:

Sirius – Acha mesmo que preciso chegar ao coração da árvore para destruí-lo?

Apreensivo, Morfeo se posiciona com a espada e o observa. Então, os dedos do ditador começam a soltar cargas elétricas escuras cujo até o excitavam, elas tinham um som agudo e uma certa violência em seus movimentos. Aquela era um pouco da energia sombria que ele buscou na Terra dos Mortos e a mesma que fez a estrela Xúria se explodir há milhares de anos. Diante dela, Morfeo fica assustado e escuta seu inimigo dizer com muita excitação:

Sirius – O caos... Está em minhas mãos.

Então, ele o vê enfincando o punho no piso e transferindo a energia para lá. Em grande velocidade, ela segue cortando a madeira até encontrar uma das correntes luminosas da árvore e entrar "gritando" nela.

Preocupado com a situação, Morfeo pergunta ao Sirius:

Morfeo – O que você fez?

Ele por sua vez, se levanta elegantemente e lhe responde:

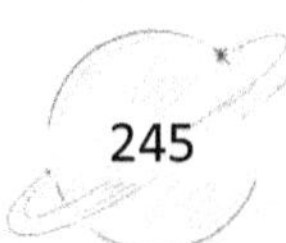

Sirius – Nada demais. Só estou começando uma nova história.

Ao escutar aquilo, o zorn de olhos vermelhos se enfurece e logo volta a ir para o ataque com sua intensa velocidade. Pelo caminho, ele segura a espada através das duas mãos e range os dentes, pois estava disposto a deter o seu irmão e sua ira se tornava cada vez maior. Então, como se fosse uma ventania, Morfeo começa a correr por vários lados de Sirius numa tentativa de confundi-lo.

Ali, a poeira e as folhas eram levantadas do chão enquanto o zorn se movia rapidamente para diversas direções e cercava o irmão, mas em meio ao perigo, ele nem se importava e até estava sorrindo. Eis que o Morfeo surge em sua frente movimentando a espada por cima, porém, o engana e corre para o lado com os seus olhos vermelhos brilhando intensamente. Naquele momento, o zorn continuava cuidadoso mesmo em seus movimentos ultrarrápidos enquanto procurava uma abertura para poder atacar.

De repente, Sirius usa o teletransporte, reaparece bem na frente dele e o acerta direto no queixo com um poderoso soco de baixo para cima cujo até o manda para o alto. Ao sentir tamanho impacto, Morfeo fica completamente paralisado enquanto o sangue saía de sua boca. Ainda com o braço erguido, o ditador mostrava um olhar frio e numa enorme velocidade, ele pega seu irmão pela perna, o puxa com bastante força e o bate contra o piso do outro lado.

Ali, Morfeo acaba sentindo uma intensa dor e não consegue reagir, afinal, a força do oponente era muito maior. Neste exato momento, o zorn de olhos vermelhos consegue escutar um estranho lamento ao redor. Aquele... era o sofrimento da Árvore Ancestral se espalhando novamente, pois a energia sombria acabava de chegar em seu coração.

Eis que o Sirius grita, puxa Morfeo pela perna e o lança pelo ar, logo o faz colidir de costas contra um grande tronco. Mas antes mesmo dele cair, a catana negra chega se enfincando em sua barriga e lhe prendendo no local, com esse golpe, o zorn grita bem alto e o barulho ecoa pelo lugar. Enquanto isso, Sirius ainda estava com o braço erguido e mostrava um sorriso de satisfação em seu rosto.

Longe dali, entre as nuvens nos céus da cidade, a *Dragonforce* continuava sendo perseguida pela Predadora. As duas estavam em grande velocidade e a inimiga acertava seus ataques com muita precisão. Na cabine principal do trem espacial, vários alertas eram emitidos dos painéis e Max estava apavorado enquanto o Xino se mantinha atento:

Max – Ei! Nossos escudos estão em 20%!

Xino – Eu sei!!

Max – Não vamos aguentar por muito tempo!!

Xino – Não se preocupa!! Eu tenho um plano!!

Ao dizer isso, o bastet começa a mexer em vários botões em sua frente e o menino lhe observa com um olhar assustado.

Então, a camada azul sai das outras naves acopladas e se concentra apenas na primeira, em seguida, elas são soltas e acabam indo pelo ar. Logo a Predadora é atingida pelas máquinas cujo até se explodem em sua estrutura, mesmo assim, ela não sofre danos. Lá dentro, Megano via alguns alertas em seu painel, então, ele começa a mirar todos os canhões para a Z-1 e fala:

Megano – Hora de acabar com isso.

Mais à frente, a *Dragonforce* seguia em zigue-zague enquanto ainda estava envolvida pelo escudo. De repente, novos ataques começam a lhe acertar fazendo vários tremores surgirem na sua estrutura. Dentro dela, os alertas ficaram mais altos e luzes vermelhas piscavam a todo momento. Apavorado, Max firmava seu corpo na poltrona e até enrijecia os lábios, mas Xino estava atento e continuava mexendo em vários comandos. Então, ele coloca a mão numa alavanca e neste exato momento, seu olhar de gato mira para frente transmitindo uma determinação fora do comum enquanto uma radiação amarela começava a tomar conta de toda cabine.

De repente, a Z-1 voa para o alto na velocidade hipersônica, se transforma em um raio amarelado no céu, faz a curva para baixo e volta espalhando bastante barulho. E assim, ela atravessa o meio da gigantesca Predadora numa enorme brutalidade, a partindo em dois pedaços e criando várias explosões por toda sua extensão.

Logo centenas de destroços começam a cair em meio aos constantes estouros. Muitos deles se desfaziam como se fossem uma chuva negra indo em direção da cidade e deixando um enorme rastro de fumaça pelo céu. Entre eles, o corpo de Megano se despedaçava e ao seu redor era possível ver algumas das cabeças degoladas que seu mestre guardava. Aquele... era o fim da poderosa predadora da Escuridão.

Naquele momento, o raio amarelo se desfaz e ali ressurge a Z-1, voando para frente e coberta por apenas 5% da camada azul do escudo. Ela também estava danificada e devido a isso começava a perder altitude. No interior da cabine, Max gritava desesperadamente e Xino tentava controlar a nave enquanto os alertas ainda disparavam. E assim, dois de seus propulsores param de funcionar e começam a deixar um rastro de fumaça onde a nave seguia perdendo altitude.

Enquanto isso, pequenos tremores ressurgem na Árvore Ancestral, afinal, a energia sombria havia chegado no coração e começava a consumi-lo. Folhas e galhos caíam do alto, um clima triste surgia e um perigo iminente voltava a aterrorizar.

Longe dali, Morfeo continuava preso no tronco e seu sangue escorria pela lâmina. Após muito tempo, ele sentia uma intensa dor e o peso da derrota. De repente, a arma se desfaz e o deixa cair até chegar de frente no piso. Ferido, o zorn fica de bruços, e neste momento, Sirius aparece em sua frente colocando o pé direito sobre sua cabeça. Ali, ele mostrava um sorriso em seu rosto e logo começa a falar com muito gosto:

Sirius – Está vendo onde a sua heresia o levou? Direto aos meus pés!

Então, o ditador empurra seu irmão contra o piso e o pressiona lá, o humilhando sem ter compaixão alguma. Em meio ao perigo, Morfeo estava fraco e não conseguia se levantar:

Sirius – Você é apenas um tolo iludido!!

Logo o Sirius pisoteia a cabeça dele novamente e o deixa ainda mais ferido:

Sirius – Seus sonhos não passam de mentiras criadas pela sua própria mente!!

Pouco longe dali, os tremores aumentavam aos poucos e Séfi corria bravamente de vários diamantes gigantes que caíam por onde ele passava. De repente, um acaba sendo arremessado em seu caminho e a força do impacto lhe empurra para trás. Logo o várvaro cai de costas e fecha os olhos, quando os abre, se depara com a Zaira pulando em cima de seu corpo e o imobilizando com suas pernas. Tomada por uma fúria descontrolada, ela cristaliza uma lâmina na mão direita e ataca, mas rapidamente, Séfi impede o golpe segurando o antebraço dela com as suas mãos, e assim, os dois começam a competir forças em meio aquele lugar repleto de destruição.

Enquanto isso, Sirius volta a pisotear a cabeça de Morfeo e dessa vez, ele mantém seu pé sobre ela:

Sirius – Você trouxe a destruição dessa cidade ...

Em meio aos tremores da árvore, Annes voava rapidamente por entre vários galhos e cipós. No seu rosto, o desespero se destacava enquanto um intenso brilho começava a iluminá-la e as pesadas palavras de Sirius ainda eram ditas:

Sirius – Nada disso teria acontecido se o seu orgulho não fosse maior que a sua inteligência!

Quando a féry aterrissa num grande galho, ela olha apreensiva para frente. Lá estava a Alexia, acordada e diante do grande cristal da árvore cujo era atacado pela energia sombria. Mesmo ferida gravemente, a rainha se mantinha de pé enquanto as lágrimas escorriam de seus olhos raivosos e os punhos estavam fechados. No gigante coração luminoso, dezenas de rachaduras se alastravam e jorravam uma energia branca.

Longe dali, Sirius ainda pressionava a cabeça de Morfeo contra o piso e continuava falando:

Sirius – Seus *Starborns* são apenas marionetes fracas e manipuladas pelo seu egoísmo!!

Acima de um espaço-porto em chamas e em pleno ar, a anja Paine se esquivava em grande velocidade dos socos do monstro Kroni. Ali, ele rugia ferozmente e tentava atingi-la a qualquer custo. De repente, ela passa pelo lado dele e lhe acerta com as duas espadas ao mesmo tempo, mas dessa vez, não consegue feri-lo.

Os planos de Sirius estavam dando certo, e isso, lhe enchia de uma alegria que ele não sentia há anos:

Sirius – Não há nada que você possa fazer! Eu não me importo com as vidas de nosso povo... Assim como você, eles são ingênuos demais para esse universo!

Na cidade, boa parte da população havia sido evacuada e os tremores voltavam a acontecer, com isso, um prédio começa a desabar espalhando uma densa nuvem de poeira. Grandes rachaduras abriam as ruas e uma delas acaba levando a carcaça em chamas de uma das naves que caiu ali.

Naquele momento, Sirius se abaixa e puxa Morfeo pelos cabelos até colocá-lo de joelhos. O rosto dele estava ensanguentado e os olhos vermelhos se fecharam. Então, o ditador transmite um pesado ódio em seu olhar e fala com a sua voz sombria:

Sirius – O sangue de todos esses seres, será derramado pelas suas próprias mãos ...

De repente, a nave Z-1 atravessa o alto em grande velocidade e segue adiante com um intenso barulho. Surpreendido, Sirius olha para cima e vê apenas o rastro de fumaça deixado, em seguida, sente o estrondo da máquina caindo entre os galhos à uma certa distância dali.

Somente o som dos tremores eram escutados naquele lugar. Intrigado, o ditador solta o seu irmão e se vira para a direção em que a nave caiu. Ali, ele fica atento por alguns segundos e caminha para frente. Quando ergue o braço e olha para a tela de seu comunicador, vê uma mensagem escrita de vermelho: "Sem Conexão".

CAPÍTULO 9: CHAMAS DA ESPERANÇA

O Altar Divino, marcado por uma explosão de energia, repleto de destroços e onde os tremores faziam os galhos e as folhas caírem do alto. Em meio aquele caos, Séfi ainda estava deitado e segurava o braço de Zaira cujo tentava lhe enfincar uma lâmina de diamante. Ali, ele a olhava com uma certa preocupação em seu interior e não queria feri-la gravemente. Mas controlada pela fúria, ela rangia os dentes e estava completamente fora de si:

Zaira – Você é um grande tolo!

Séfi – Zaira! Essa não é você! Pare com essa loucura!

Zaira – Cala a boca!!

Ali, os tremores aumentavam e a situação se tornava ainda mais perigosa. De repente, a nave Z-1 chega deslizando 10 metros ao lado e segue espalhando os destroços do piso até colidir em um tronco. Lá, ela começa a soltar fumaça enquanto sua lataria ficou amassada e nenhum sinal de vida era avistado.

Ao se lembrar de Max e Xino, Séfi fica desesperado sobre os tremores que aconteciam ali. Mesmo em perigo, ele olhava apavorado para a nave caída na esperança de avistar alguém, mas apenas via a fumaça intensa e pequenas faíscas saltando de algumas partes da nave. Neste momento de aflição, ele escuta uma pesada provocação:

Zaira – Está vendo só? Todos os nossos amigos morreram por causa do Morfeo que você tanto protege!! Isso significa... Que você faz parte disso!

Quando escuta aquilo, Séfi começa a respirar mais forte e vagarosamente olha para a inimiga de um jeito furioso. Aos poucos, seus músculos latejavam e o coração batia mais rápido, então, Zaira percebe que seu braço era empurrado e logo escuta o rival dizer com muita raiva:

Séfi – Já me cansei... De você!!

De repente, ele lhe chuta na barriga e a empurra com força. Mesmo atordoada e assustada, Zaira se mantém de pé e rapidamente cria dois escudos de diamante em seus braços. Então, Séfi chega em sua frente e inicia uma sequência de socos, mas ela começa a recuar e a se defender de todos eles enquanto sentia os poderosos impactos.

O várvaro estava muito enfurecido e se movimentava com bastante vontade enquanto sua rival resistia bravamente. Os tremores continuavam pelos arredores e logo um grande galho cai levantando poeira ao lado deles. Mesmo assim, os *Starborns* continuavam se enfrentando e os músculos de Séfi se expandiam ainda mais a cada golpe:

Séfi – Eu não vou deixar você ser tomada pelo ódio!!

Ao ser pressionada, Zaira começa a se enfraquecer, e ali, ela percebia o quanto o várvaro era poderoso.

Naquele exato momento, outra batalha acontecia no meio de um intenso incêndio de fogo roxo. Em pleno ar, um forte rosnar era escutado enquanto a Paine voava para os lados e escapava das garras do monstro Kroni. Quando ele tenta pegá-la pela frente, ela se esquiva para baixo, voa para o alto e lhe acerta com a espada no rosto, em seguida, se afasta até uma distância segura. Ainda batendo as graciosas asas, a anja se vira e olha irritada para baixo, pois lá estava o demônio, lhe encarando e sem ao menos ter um arranhão. O corpo dele era muito resistente e isso a deixava incomodada:

Paine – Ah... Vai ser mais difícil do que eu pensava.

De repente, Kroni dá um forte rugido, cria duas grandes bolas de fogo roxo em suas mãos e as lança na direção de sua rival. Diante do perigo, ela se impulsiona com as asas e voa para o lado.

Ao passar sobre o incêndio nas árvores, a anja planava esbanjando muita agilidade, e quando olha para trás, percebe que as esferas a perseguiam deixando um rastro de fumaça. Irritada, ela segue para baixo com muita rapidez e começa a passar por entre os troncos em chamas no caminho.

Sob um calor torturante e com grande velocidade, ela se desviava dos obstáculos usando muita precisão em seus movimentos. Lá atrás, as esferas de fogo roxo ainda a perseguiam e também se esquivavam dos troncos como se tivessem vida própria, mas na verdade, ambas estavam com sede de energia pura. Ao perceber isso, a anja fala com muita bravura:

Paine – Vocês querem brincar? Então vamos nessa!

De repente, ela voa para baixo, bate as asas com bastante força e vai para cima. Enquanto decolava rapidamente em meio ao incêndio, a anja exibia uma intensa determinação em seu lindo rosto. Os ataques continuavam se aproximando, mas dessa vez, eles emitiam gritos agoniantes.

Poucos segundos depois, Kroni aterrissa na plataforma do espaço-porto deixando até uma marca no piso. Lá, ele olha para o alto e avista Paine saindo dos galhos em grande velocidade e ainda sendo perseguida. Ao atingir uma grande altitude, ela se vira elegantemente e se envolve com as suas asas. De repente, as duas esferas chegam e se explodem nela formando um intenso estrondo cujo espalha as chamas roxas para todos os lados.

Ao ver aquilo, Kroni mostra um sorriso em seu rosto medonho e continua atento. Ali, ele sentia o gosto de saciar uma morte que ele mesmo causou. Mas sua alegria não dura muito, pois logo consegue sentir a presença de Paine. Então, a anja aparece lá no alto abrindo as asas com força e espalhando todas as chamas que lhe cercavam. Ela não sofreu nenhuma queimadura e o olhar de seriedade em seu rosto era o mais belo de todos.

Diante disso, o demônio se enfurece ainda mais, em seguida, ele pega bastante impulso e voa na direção de sua presa. Em pleno ar, Kroni abre a boca e ruge fortemente fazendo o barulho ecoar pelos arredores enquanto as garras afiadas em suas mãos se esticavam constantemente.

Neste momento, Paine estende os dois braços cujo começavam a soltar pequenas fagulhas brilhantes, afinal, ela estava pronta para usar um de seus poderes. Logo duas esferas de luz do tamanho de seu corpo surgem de ambos os lados, então, a anja movimenta seus braços para baixo e as lança com muita força.

As magias caíam deixando rastros de faíscas brancas para trás e fazendo um som agudo. Naquele momento, a ira de Kroni o encorajava a seguir para o alto e ele nem se importava mais com o perigo. Em seus olhos, era possível ver o reflexo das esferas se aproximando e ficando maiores. Então, elas se colidem com muita força na cabeça dele, voam para o lado e o deixam cair. Ao sentir tamanho impacto, o demônio até agoniza rugindo e segue pelo ar com uma queimadura no rosto.

Atordoado, ele chega brutalmente no chão levantando bastante poeira, mas rapidamente começa a ficar de pé. De repente, uma das esferas chega lhe atropelando com muita potência e fazendo seu corpo girar até ser atingido pela outra. Elas ainda eram controladas e rapidamente voltam a ir em direção do alvo. Juntas e com grande velocidade, as esferas iniciam uma sessão de ataques no demônio e vão se movimentando por todos os lados sem dar tempo de ele reagir. As duas lhe acertavam facilmente, faziam curvas perfeitas no ar e formavam uma melodia de sons agudos.

Enquanto isso, Paine movimentava os braços com as espadas e girava o corpo sobre a suavidade do ar. Com uma mente calma e de olhos fechados, ela fazia uma dança elegante para controlar a técnica e os seus cabelos loiros balançavam graciosamente.

Longe dali, Séfi gritava e ainda socava os escudos de Zaira cujo já estava cansada, mas mesmo assim, ela continuava se protegendo daqueles pesados golpes. De repente, uma de suas proteções acaba sendo destruída e vários estilhaços vão ao ar. Ao fazer isso, o várvaro grita bem forte, leva o braço direito para trás e expande seus músculos ainda mais, tal movimento acaba amedrontando a sua rival.

Enquanto isso, Kroni não conseguia se defender e continuava recebendo os ataques constantemente. Em seu corpo, as queimaduras ficavam maiores e as esferas o feriam cada vez mais. De repente, as duas o acertam no queixo de baixo para cima e voam em grande velocidade para o alto. Eis que a anja para de dançar e expressa um olhar de raiva, então, ela aponta os braços e as asas para baixo, com isso, seus ataques descem numa velocidade extrema e o brilho deles fica muito mais intenso.

Quando Kroni olha atordoado para o alto, as duas esferas lhe acertam criando uma enorme explosão de luz cujo espalha centenas de faíscas luminosas para os lados e fazem ecoar um enorme estrondo. A força do impacto é tão grande, que até abala as chamas ao redor.

Naquele mesmo momento, Séfi gritava euforicamente e logo acerta um poderoso soco no último escudo de Zaira, ela até consegue segurá-lo enquanto seus dentes rangiam, mas logo o vê sendo atravessado. E assim, a guerreira é acertada diretamente na testa pelo poderoso ataque e acaba sendo lançada pela força do impacto. Ela segue pelo ar, cai capotando pelo piso e só então para, dessa vez, inconsciente e com uma trinca na pedra acima de seus olhos.

Diante dela, Séfi ainda estava com o braço erguido e tentava raciocinar o que fez. Seu punho até tremia um pouco, mas finalmente a batalha havia terminado. Quando percebe o que aconteceu, ele corre para socorrer a amiga, afinal, os seus sentimentos por ela ainda existiam.

Longe dali, muitos destroços caíam por todo o núcleo da Árvore Ancestral onde o terremoto estava mais forte. Os barulhos de eletricidade eram intensos e as rachaduras se alastravam pelo gigantesco cristal. Em um galho diante dele, Alexia colocou a mão esquerda no ferimento da barriga e estava em estado de choque enquanto as lágrimas ainda escorriam pelo seu rosto. Naquela situação, ela se sentia impotente e o peso da derrota pesava em seus pensamentos. É quando a Annes aterrissa ao seu lado e chama a sua atenção. Em meio ao caos, a féry estava mais determinada do que nunca e logo conversa com a rainha:

Annes – Acho que eu consigo regenerar o cristal e impedir que ele se destrua!!

Alexia – Por que você está aqui?! Vocês causaram tudo isso!

Annes – Fomos enganados! E não me compare com o Morfeo!! Tudo o que eu quero, é salvar a vida do seu povo!!

Ao ouvir aquilo, Alexia se impressiona e consegue sentir a poderosa energia de Annes, era algo doce cujo trazia um certo sentimento de esperança. Então, ela escuta as seguintes palavras convictas:

Annes – Eu não me importo se morrer... Mas se ainda houver uma chance de salvar os inocentes, eu a abraçarei firmemente.

Neste momento, a rainha volta a olhar para o cristal e um pouco de fé é restabelecida em seu interior, afinal, a *Starborn* era apenas uma criança e mesmo assim, pretendia lutar até a morte:

Alexia – O cristal está sendo atacado por dentro... e só há uma maneira de resolver isso.

Intrigada, Annes olha para ela em meio ao caos.

Enquanto isso, uma nuvem de fumaça se formou na plataforma do espaço-porto onde os tremores ainda aconteciam. Lá, o corpo de Kroni voltou ao normal e se encontrava totalmente nu. Suas forças haviam acabado, seu interior estava destruído e tudo o que ele conseguia fazer era olhar para o céu e esperar pela morte. Eis que a Paine aterrissa suavemente ao seu lado e o observa. O incêndio ainda acontecia pelos arredores e o terremoto continuava, mas entre os dois, o silêncio era absoluto. Então, com a voz enfraquecida, Kroni começa a falar:

Kroni – Tudo o que eu queria... era um mundo longe da escuridão para os meus irmãos...

Ali, a anja estava bastante atenta as suas últimas palavras:

Kroni – As crianças de lá não conhecem a luz... todas são tomadas pelo ódio contra os outros seres... e ninguém vê que até mesmo os demônios buscam a felicidade.

Um leve vento surge sobre eles agitando os cabelos loiros da *Starborn*:

Kroni – Mas pelo visto... os meus sonhos se tornaram cinzas.

Ao escutar aquilo, Paine fica triste, afinal, a guerra entre anjos e demônios vinha desde o início dos tempos, e isso a incomodava. Então, ela fala com muita calma:

Paine – Kroni... Descanse em paz. Eu lhe prometo... vou trazer a paz entre as nossas raças de uma maneira justa. Em breve, suas crianças irão conhecer a virtude da luz.

Tais palavras fazem surgir um leve sorriso no rosto do demônio, e ali, ele acaba falecendo, derrotado por uma criança de uma raça inimiga. Lágrimas surgem nos olhos de Paine cujo conseguia sentir a dor de seu inimigo. Lá, ela fica com o cadáver, cercada por chamas, pequenas brasas lhe rodeando e sob o silêncio do luto enquanto os tremores ainda aconteciam.

Eis que surge o encontro de mãos formando a posição de oração. Em cima de um grande galho onde vários destroços caíam, a rainha Alexia fechou os olhos e concentrava sua energia. Logo, pontos brilhantes começam a emanar de seu corpo e assim ela fala:

Alexia – Se prepara! Quando eu adentrar no cristal, vou expulsar a energia sombria e você precisa fechá-lo imediatamente!!

Ao lado, Annes estava de punhos fechados e pronta para o plano:

Annes – Você realmente está certa de que quer fazer isso?!

Quando questionada, a rainha respira profundamente se mostrando um pouco assustada, mas a sua decisão já havia sido tomada:

Alexia – Será uma vida pela outra!

De repente, ela abre os olhos e concentra ainda mais a sua energia. Então, seu corpo inteiro começa a brilhar intensamente, em seguida, ele segue na velocidade da luz até entrar no gigantesco cristal. Ao ver aquilo, Annes fica espantada em sua posição.

O interior do grande coração da Árvore Ancestral era uma dimensão com milhares de pontos brilhantes cujo se moviam por todas as direções e onde um som agudo ecoava. Logo o raio de luz da rainha surge o cruzando rapidamente, e ali, ele brilha intensamente fazendo a luz se destacar mais do que as outras. A silhueta de Alexia surge erguendo os braços com muita vontade, mas ao mesmo tempo, ela se desfazia. Naquele momento, a zorn usava a energia de seu corpo para se conectar à árvore, e o preço para isso, era a sua própria vida.

Do lado de fora, o cristal emitia um brilho muito mais forte fazendo a Annes cobrir os olhos com os braços enquanto que em uma das rachaduras, uma carga elétrica escura era expulsa. A energia sombria não suportava tamanho poder e logo se solta do cristal até se desfazer gritando em pleno ar.

Ao ver isso, Annes se abaixa rapidamente, coloca as mãos no galho e usa o seu poder. Ali ela transfere a sua energia até o cristal, e assim, começa a fazer as rachaduras se fecharem aos poucos por toda a sua estrutura. Durante aquele momento, a féry rangia os dentes e se esforçava ao máximo, ela não podia fraquejar nenhum segundo e o seu trabalho precisava ser perfeito.

Consequentemente, os tremores começavam a cessar. Em um dos espaços-portos, Paine ainda estava ao lado de Kroni e sentia a grandiosa energia da Árvore Ancestral.

Enquanto isso, Séfi segurava o corpo de Zaira em seu colo e olhava apavorado para os lados onde vários dos galhos balançavam como se estivessem vivos.

Perto dali, Morfeo estava sozinho e se levantava vagarosamente. Em seu rosto ensanguentado, ele destacava um espanto fora do comum, afinal, a energia de sua irmã estava espalhada por toda a região.

De volta ao núcleo, Annes continuava se esforçando e já reparava a última rachadura do gigantesco cristal cujo até rangia ao se fechar. Então, em um breve momento durante aquela situação, ela sente uma doce presença, e isso, a faz se emocionar. Em sua mente, a féry conseguia ver o corpo de Alexia se desfazendo dentro do coração da árvore, onde ela estava sorrindo com muita tranquilidade.

A rainha sentia o sentimento de uma verdadeira alegria cujo lhe trazia uma grande paz após muito tempo. Tudo o que importava para ela, era a salvação daquele monumento que por gerações cuidou da saúde da cidade e parte do planeta. Já não era mais tempo de tristeza, aquela morte não lhe trazia nenhum ressentimento e era tão suave quanto as nuvens que circulavam no céu.

E assim, todos os tremores terminam e a calmaria volta a predominar. Na cidade, o silêncio tomava conta das ruas marcadas pela destruição. Muitas erosões haviam sido formadas, dezenas de naves e Sentinelas destruídas estavam espalhadas. Ao sul, as partes da grande Predadora da Escuridão se encontravam caídas e ainda em chamas. Alguns civis estavam pelas ruas, muitos deles se feriram e todos continuavam amedrontados enquanto uma repentina paz reinava por toda Devin sob um absoluto silêncio.

De volta ao Altar Divino, uma das portas da Z-1 é arrombada de dentro para fora, em seguida, Max desce com sangue escorrendo de sua testa. Logo, Xino o acompanha e em seu rosto havia alguns arranhões. Em meio à calmaria e cercados por um cenário de destruição, os dois estavam a salvos, mas ainda assustados com tudo o que aconteceu. Logo eles começam a caminhar cambaleantes pelo local:

Max – Ah... Cara... Por quanto tempo nós dormimos? Minha cabeça tá me matando.

Xino – Pelo menos o plano deu certo... Salvamos a cidade.

Max – É... e quase morremos por isso.

De repente, um rosnar assustador os faz parar apreensivos. Logo eles se deparam com um grande cão negro de 7 metros de comprimento. Diante dele, Xino se arrepia todo e corre para trás de Max cujo se sentia mais assustado do que ele. Os dois se encontraram com o Cérbero, ele ainda estava vivo e mirava atentamente em suas novas presas. Sua forte respiração levantava a poeira e a saliva escorria de seus dentes afiados. Mais uma vez, Max e Xino estavam em perigo e o medo os dominava:

Xino – Max... Faça alguma coisa ...

Max – Eu?!

Neste momento, o inimigo começa a se posicionar rosnando intensamente e firmando as patas no chão, pronto para seu ataque mortal. De repente, um forte rugido ecoa pelo lugar e logo o grande Créb chega o acertando com uma poderosa investida. Com isso, o Cérbero rola até parar agonizando e ficar a uma certa distância.

Diante do que vêm, os jovens continuavam parados e assustados, afinal, aquela ajuda foi inesperada. Neste momento, o Créb olha seriamente para o Max, e ali, ele demonstra um grande respeito por sua pessoa. O menino foi o único que teve compaixão pelo primata, e esse sentimento, nunca foi esquecido.

Quando todos escutam o forte latido de Cérbero, o Créb mostra os seus dentes afiados e se prepara. Lá vinha o cão, correndo ferozmente e consumido por um desejo assassino. Ao se aproximar do grande primata, ele tenta acertá-lo com as suas patas, mas elas acabam sendo seguradas pelos braços dele. De repente, o Cérbero ataca com uma mordida e rapidamente o Créb afasta sua cabeça para trás sentindo até os dentes dele se baterem em sua frente.

Apavorados, Max e Xino recuavam diante da luta. Logo os animais começam a rolar juntos pelo lugar enquanto o barulho de seus rugidos ficavam ainda mais fortes. Por fim, o Cérbero fica em cima de Créb e mais uma vez tenta alcançá-lo com a boca, porém ele usa as duas pernas para chutá-lo na barriga e mandá-lo para trás. Assim que o cão cai, ele se levanta, mas logo o primata se aproxima e o pega bruscamente pelo pescoço, então, ele realiza um grande salto, lhe leva para fora daquele local e segue para o meio de vários galhos caídos. Tudo o que surge dali são os rugidos dos animais se enfrentando em uma intensa batalha e se afastando ainda mais do lugar.

Boquiabertos com o que viram, os jovens nem se mexiam direito e seus olhos estavam até arregalados:

Xino – Uau... Que sorte a nossa ele gostar de você.

Max – É ...

De repente, os dois são chamados:

Séfi – Ei!!

Quando olham para o lado, vêm o Séfi chegando com a Zaira desmaiada em seu colo e muito feliz por vê-los vivos:

Séfi – Vocês estão bem?

Xino – Sim, onde está a Annes?

Séfi – Mandei ela cuidar do coração da árvore. Pelo visto, acho que ela salvou a todos nós.

De repente, as orelhas de Xino ficam em pé, isso porque ele sentia uma energia sombria se aproximando. Ao olhar para a direção dela e apontar o dedo para lá, o bastet fala com muito medo:

Max – E quem vai salvar as nossas vidas agora?

Então, os outros olham para o mesmo local e também ficam assustados.

Todos se depararam com o Sirius, cujo caminhava tranquilamente e trazia uma catana escura na mão esquerda. Os seus olhos completamente negros eram intimidadores a ponto de trazerem medo a quem lhe encarasse. Com muita calma, ele para a 10 metros de distância dos *Starborns*, em seguida, observa a nave caída e os pergunta de um jeito ameaçador:

Sirius – O que vocês fizeram com a minha Predadora?

Naquele momento, Max e Xino olhavam amedrontados para o inimigo e até tremiam um pouco, enquanto o Séfi estava apreensivo e o olhava com raiva. Ao presumir o que aconteceu, Sirius suspira profundamente e balança a cabeça para os lados, então, ele fala com muita suavidade:

Sirius – É uma pena... Acho que vou ter que recorrer ao plano B.

Diante de seus rivais, ele começa a erguer o braço esquerdo de onde cargas elétricas escuras começavam a saltar. Mais uma vez, o perigoso ditador estava prestes a usar a energia sombria e o seu olhar assassino era fixo sobre os *Starborns*. À frente, eles se encontravam encurralados por um inimigo superior cujo não tinha compaixão.

De repente, uma longa lâmina vermelha surge cortando o ar e indo em grande velocidade na direção de Sirius. Rapidamente, ele percebe o ataque e desaparece deixando um rastro de fumaça para trás. Ao ressurgir mais ao lado, o zorn se surpreende e volta a usar o teletransporte quando outra lâmina chega por cima de onde ele estava. Ela acaba acertando o chão e levantando poeira, em seguida, é puxada e segue se ondulando pelo ar até se aproximar de Morfeo, cujo mostrava um ódio nunca visto antes. Mesmo ferido, ele ainda pretendia deter seu irmão a qualquer custo.

Quando vêm o antigo líder, Séfi e os outros ficam esperançosos. Logo o Sirius ressurge e também avista o Morfeo, então, ele acaba rindo de sua situação. O clima tenso entre os dois podia ser sentido de longe e a rivalidade deles era grande. Então, diante daquele olhar vermelho e determinado, o ditador acaba se irritando:

Sirius – Você ainda quer continuar com isso?!

Mas sem dizer nada, Morfeo parte correndo para o ataque. Ali, ele até inclina o corpo para frente enquanto seus cabelos iam ao ar e as espadas posicionadas para trás deixavam faíscas vermelhas por onde passavam. Ao ver aquilo, Sirius acaba sendo tentado e perde o sorriso, então, ele usa o teletransporte novamente.

Neste momento, Morfeo se assusta e logo para de correr. De repente, seu irmão ressurge em sua frente e inicia uma sequência de ataques com a catana, mas rapidamente ele começa a se defender com as duas espadas ao mesmo tempo. Em movimentos velozes e precisos, os dois zorns se enfrentavam mais uma vez, fazendo as faíscas negras e vermelhas se saltarem a cada golpe enquanto o clima de fúria predominava entre eles.

Ao ver a cena, Séfi aproveita a oportunidade e dá uma ordem aos outros:

Séfi – Essa é a nossa chance! Vamos embora!!

Sem mais delongas, eles começam a correr juntos, ambos assustados e se afastando daquela perigosa batalha. Mesmo de longe, todos conseguiam escutar os sons das lâminas se encontrando, e neste momento, Max olha para lá.

Durante a intensa luta, Morfeo se esforçava ao máximo e continuava se defendendo. Quando surge uma pequena oportunidade, ele tenta contra atacar com uma das lâminas, mas logo o Sirius desaparece e ressurge lhe chutando no rosto. Com isso, o zorn se desiquilibra e recua. De repente, o ditador chega em sua frente e o acerta de baixo para cima com a espada, e assim, o poderoso impacto o lança à uma grande distância até ele cair agonizando.

Diante daquela cena chocante, Max para de correr e fica espantado. Dali, ele via o Morfeo começando a se levantar com muita dificuldade, tomado por uma grande insistência e destacando um olhar raivoso no rosto. Ao perceber a ausência do menino, Séfi e Xino também param e quando se viram, eles o vêm a 5 metros atrás:

Séfi – MAX!

Naquele momento, Morfeo se colocava de bruços e agonizava silenciosamente. Sob aquela supremacia, ele até fechou seus olhos vermelhos e rangia os dentes com força, o traje ficou ainda mais danificado e o sangue pingava de seu ferimento. Diante da situação deplorável, Sirius acaba rindo de uma maneira provocativa, em seguida, ele fala com muito desgosto:

Sirius – Ah... Como esse meu irmão é ridículo.

Ao ouvir tais palavras, os punhos de Max se apertam, afinal, ele conhecia a humilhação que o seu antigo líder sentia.

Atordoado, Morfeo percebia as forças se esvaindo pela primeira vez. A diferença de poder entre ele e Sirius ainda era enorme. Então, ele o escuta dizer à distância:

Sirius – É o seu fim... Não acha que já foi humilhado o suficiente?

Ali, aquele poderoso zorn de olhos vermelhos era derrotado, e uma pesada frustração começava a tomar conta de seus pensamentos. Diante disso, tudo o que lhe restava era uma iminente desistência, e assim, ele fala com muita tristeza:

Morfeo – Já chega... Acabou para mim.

Tais palavras trazem um grande peso naquele lugar e ao mesmo tempo, acendem um enorme sentimento de alegria em Sirius. Ali, Morfeo estava quieto, sob o peso da derrota e cercado pelo silêncio. Ele sabia que não tinha mais chances contra aquele ditador e que seu destino desastroso já estava traçado:

Morfeo – Faça o que quiser comigo, eu perdi... Devin é sua ...

Eis que surge uma leve brisa lhe agitando os cabelos negros e o calando num terrível sentimento de perda. Ao ver aquilo, Sirius continuava alegre e o observava atentamente. O zorn de olhos vermelhos desistiu de seus ideais, estava sem motivos para continuar e sua situação era digna de pena. De repente, passos rápidos são escutados e logo alguém chega parando de costas em sua frente. Neste exato e surpreendente momento, Morfeo arregala os olhos e ergue a cabeça devagar, até se deparar com o

Max, cujo seriamente encarava o Sirius. Ali, ele trazia um olhar de raiva no rosto e um sentimento de coragem em seu interior.

Diante da cena, o ditador acaba achando graça e dá uma forte gargalhada, em seguida ele fala:

Sirius – Ora, ora... Então é isso irmão? Você agora será protegido por um terráqueo inútil e fraco?

Mesmo insultado, Max continuava em sua posição e com os punhos fechados. À uma certa distância ao lado, Séfi e Xino se mostravam bastante preocupados e já discutiam:

Xino – O que aquele idiota está fazendo?!

Séfi – Não sei... mas se prepara. Vamos ter que entrar em ação.

Enquanto isso, Morfeo ficou muito impressionado, mas ao mesmo tempo, se irritava com a atitude inesperada do menino cujo pela primeira vez tinha a sua presença notada por ele:

Morfeo – Saia daqui seu imbecil! Você vai acabar morrendo!! Eu ainda consigo derrotar o Sirius!!

Max – Ah é?! Então por que você está caído e chorando como um bebê?

Diante do que escuta, o zorn começa a sentir uma certa superioridade vinda daquele pequeno humano. Ali, ele se mostrava corajoso, mesmo sendo fraco e sem poderes:

Max – Eu não aprovo os seus planos, mas também não vou deixar aquele trouxa do seu irmão matar seres inocentes.

Uma leve brisa começa agitar os cabelos do jovem enquanto seus olhos miravam atentamente no inimigo e sua nova postura conseguiu impressionar o Morfeo:

Max – Se não consegue vencer o seu irmão com as suas próprias forças, você não passa de um covarde que tenta pegar atalhos para se tornar melhor.

Ao ouvir isso, os olhos vermelhos do zorn até se fecham um pouco:

Max – Eu sei que sou pequeno e a minha força nem se compara a sua. Mas se existe uma maneira de me fortalecer, é encarando os problemas de frente!

De repente, Max começa a caminhar demonstrando sua coragem e assumindo uma postura empoderada pela primeira vez. Já não era mais tempo de fugir, o medo se tornou apenas uma barreira cujo precisava ser derrubada e ali, o menino seguia adiante sem temer o futuro que lhe aguardava.

Enquanto isso, Séfi e Xino estavam bastante impressionados com aquela nova atitude. Bem acima, Annes chegava flutuando e também via a cena, o que a deixava um tanto espantada. O clima de tensão estava em todo local, e naquele mesmo momento, Sirius se intrigava com o pequeno terráqueo. Afinal, durante o seu passado de caos, ele sempre amedrontou os seres inferiores, mas dessa vez, aquele era diferente e exibia até um certo brilho em seu olhar.

Tomado por esse sentimento e diante de um perigoso inimigo, Max pega um toco de madeira do chão e logo começa a correr para o ataque. Com passos rápidos e leves sobre o piso, ele demonstrava uma coragem nunca sentida antes enquanto o sentimento de heroísmo tomava conta de sua mente, e isso o faz falar com muita convicção:

Max – Eu também sou um *Starborn*!! E se há um poder em meu interior, ele vai brilhar agora!!!

Eis que o Morfeo fica muito impressionado com ele e até ergue a cabeça para observá-lo melhor. À frente, Max começa a gritar bem forte enquanto sua determinação o levava para a uma perigosa batalha.

CAPÍTULO 10: *STARBORNS*

Numa memória torturante, um menino estava sozinho. Ninguém lhe estendia a mão quando ele caía e muito menos oferecia um lugar na hora do lanche. Seus agressores o humilhavam todos os dias e faziam cada minuto ser torturante. Em sua mente, tudo o que surgiam eram as sombras com risadas diabólicas lhe inferiorizando pelos arredores. Max cresceu sendo zombado por pessoas comuns que se achavam as melhores do mundo e foi marcado por lembranças amargas de um passado sombrio.

Eis que o seu grito ecoa euforicamente pelos arredores repletos de galhos caídos e escombros. Num ato corajoso, Max corria com um pedaço de madeira e se sentia pronto para lutar. Diante dele, Sirius fechou os olhos e estava sorrindo tranquilamente. Ali perto, Morfeo tenta se levantar desesperadamente para ajudar aquele menino que chamou a sua atenção, mas acaba sentindo uma forte dor em seu ferimento e logo volta a ficar de bruços.

À frente, Max rangia os dentes e erguia a arma como se fosse uma espada enquanto seus passos firmes e rápidos continuavam o levando adiante. De repente, Sirius surge se teletransportando bem em sua frente e lhe acerta com o joelho direto no queixo. O poderoso impacto desmaia o menino imediatamente o fazendo levar a cabeça para trás ao mesmo tempo em que seus olhos se fechavam lentamente e as gotas de sangue saltavam de sua boca. E assim, ele cai de costas no chão e até levanta poeira em meio ao silêncio.

Diante daquilo, Morfeo ficou boquiaberto enquanto via o menino completamente imóvel no chão. Max não tinha nenhuma chance contra o inimigo, mesmo assim, ele insistiu em lutar, pois a sua inocência o fez acreditar em sua capacidade. Quando percebe isso, Morfeo aperta os punhos e fala com muito ódio:

Morfeo – Seu maldito ...

Um clima pesado era sentido no ar e o ditador ainda estava sorrindo diante dele:

Sirius – Ah os terráqueos... São tão iludidos ...

Ali, Max continuava imóvel após ser derrotado com muita facilidade. Neste momento, Séfi coloca o corpo de Zaira no chão dizendo:

Séfi – Xino, cuide da Zaira!

Ao perceber a sua atitude, Xino lhe olha apavorado e o vê correndo em direção de Sirius. O várvaro acabou sendo tomado por uma intensa fúria, e logo ele expande os músculos pelo caminho enquanto os seus passos se tornavam tão pesados a ponto de deixarem marcas no piso.

Quando o ditador olha para o lado, se depara com o Séfi chegando em grande velocidade e gritando:

Séfi – Você vai morrer!!!

Então, ele dá um soco pela direita com toda a sua força, mas numa completa tranquilidade, Sirius o segura usando apenas a palma da mão. Mesmo diante da diferença de poder, Séfi inicia uma sequência de golpes e logo seu inimigo utiliza as duas mãos para se defender facilmente.

Aos poucos, Sirius começa a se afastar do corpo de Max enquanto o várvaro continuava atacando com muita raiva. Ali, ele rangia os dentes e gritava a cada movimento, porém, o seu alvo ainda se protegia e até estava sorrindo. Eis que rapidamente, Séfi junta as duas mãos e ataca por cima, mas Sirius usa o antebraço direito e consegue segurar aquele pesado golpe. Neste exato momento, os dois se encaram intensamente num clima bastante tenso. O ódio estava explícito no rosto grotesco do *Starborn,* mas a tranquilidade na face do ditador ainda era a mesma:

Sirius – Você é um várvaro promissor... pena que não sabe pensar da maneira correta.

De repente, Sirius movimenta o outro punho com muita velocidade e logo o acerta direto na barriga de Séfi. Ao sentir o grande impacto, ele arregala os olhos e acaba sendo lançado para trás até cair de costas pelo piso.

Eis que o Sirius olha diretamente para o Xino e lhe transmite uma intensa sensação de terror. Diante daquela face sombria, ele se apavora tanto que até cai sentado. Seus cabelos estavam arrepiados, as orelhas ficaram levantadas e em sua mente não havia nenhum pensamento racional.

Ao ver aquela situação deplorável, o ditador dá uma gargalhada e em seguida fala bem alto:

Sirius – Então é isso?! Esses são os temidos *Starborns?!* Um bando de crianças mimadas que não têm forças nem para se levantar? Ah Morfeo! O que você acha que seria de você se carregasse esses inúteis contigo?

Os olhos vermelhos de Morfeo estavam atentos ao irmão. Ali, ele tentava entender o porquê que os seus antigos pupilos insistiam numa batalha perdida.

Então, Sirius olha para o Max cujo ainda estava desmaiado, e ao observá-lo bem, ele sente uma sede assassina muito grande, como se fosse um predador prestes a pegar sua presa abatida. Diante disso, o ditador materializa a catana na mão direita e fala friamente:

Sirius – Acho que eu preciso mostrar a esses inúteis... o verdadeiro significado de dor.

Então, ele dá o primeiro passo, mas logo para e fica atento, pois naquele exato momento, Paine aterrissava com muita suavidade ao lado do menino. Ela trazia as duas espadas e em seu olhar havia uma raiva fora do comum. Perante à anja, Sirius continuava calmo e logo a escuta dizer:

Paine – Como você ousa nos chamar de inúteis... Se nem ao menos me conheceu.

De repente, ela abre suas asas duma vez e voa para o ataque deixando até uma ventania para trás. O ditador se surpreende na hora e rapidamente usa sua espada para se defender do golpe cruzado da rival, mas diante da força dela, ele acaba sendo empurrado.

Naquele momento, Paine concentrava suas energias sobre o Sirius e continuava lhe pressionando, fazendo até os seus pés se arrastarem pelo piso. Quando eles param de se movimentar, a anja não perde tempo e inicia uma sequência de ataques forçando o inimigo a se defender rapidamente de cada um deles.

Ao se levantar, Séfi vê a batalha de longe, então, ele limpa o sangue de sua boca e corre para ajudar a amiga sem perceber que Morfeo o observava a distância. Neste momento, o zorn olha para o outro lado e avista o Xino correndo em direção de Max para socorrê-lo. Diante disso, ele abaixa a cabeça e fica bastante pensativo:

Morfeo – Por que... por que... por que continuam nessa tolice?

Morfeo entendia o sentimento deles, mas aquela insistência em lutar por algo sem ter poder algum, era uma coisa que lhe incomodava. De repente, uma mão surge pegando suavemente em seu ombro direito e o assusta, pois ele acaba sentindo uma energia doce começar a circular pelo seu corpo.

Quando olha para o lado, Morfeo se depara com a Annes, cujo usava seu poder para curá-lo. A féry estava atenta a batalha enquanto ajudava o zorn, e assim, surge uma tranquila conversa entre eles:

Annes – A sua irmã se sacrificou para salvar a Árvore Ancestral, mesmo estando ferida.

Morfeo – Hum... ela é uma tola.

Annes – Aos seus olhos sim. Mas ela lutou pela vida dos inocentes, e é assim que nós nos tornamos mais fortes ...

Enquanto isso, Paine voa para o alto e logo o Séfi passa correndo abaixo dela tentando acertar o Sirius com uma investida, mas ele se esquiva para o lado, o acerta na barriga com a catana e o empurra para trás. Mesmo com o traje danificado, o várvaro pega impulso, realiza um grande salto e começa a cair para cima de seu alvo. Ao ver aquilo, Sirius se teletransporta pouco antes de Séfi aterrissar acertando o piso com um soco tão poderoso, que o impacto até o amassa profundamente.

Longe dali, Annes ainda conversava com o Morfeo:

Morfeo – Tudo o que eu queria, era um poder único para melhorar esse nosso universo. Sacrifícios são apenas parte do processo.

Annes – Se você sacrifica a vida de seus irmãos para se tornar melhor, acabará lidando com a solidão. Com o tempo, sua própria mente lhe corromperá. Sua política não está errada, mas existem muitas outras que podemos seguir. Uma delas, é a lei da preservação da vida, onde nós nos apoiamos naqueles que amamos.

Morfeo – Essa é a mais complicada de todas.

Annes – Sim. Mas tudo que é fácil nesse mundo se apaga como brasas. Situações difíceis constroem seres mais fortes.

Tais palavras surtem um efeito significativo em Morfeo enquanto seus ferimentos eram curados cada vez mais. Quando ele olha para Annes, percebe uma expressão de confiança em seu rosto, afinal, a ideologia dela não estava errada.

De volta à batalha, Sirius usa seu teletransporte e ressurge lá no alto, então, ele lança uma enorme lâmina de energia escura em direção do Séfi. Ao vê-la se aproximando e fazendo um som agudo pelo ar, ele corre para o lado e a técnica acaba se explodindo no chão.

Neste momento, Sirius sente uma presença mais acima, com isso, avista a Paine batendo suas asas e lhe encarando. Logo ele começa a cair de costas e a lançar as suas lâminas de energia escura na direção da anja. Cerca de 3 delas decolam numa grande velocidade e em diferentes posições, mesmo assim, Paine vai bravamente para cima do perigo. Com movimentos graciosos, ela voa para a esquerda e se esquiva da primeira lâmina, em seguida deita seu corpo, o gira rapidamente e escapa da segunda cujo vinha na horizontal. Quando a anja volta a sua posição normal, ela rapidamente voa para a direita quase sendo atingida pelo terceiro ataque.

Abaixo, Sirius aterrissa com as mãos no chão e até levanta poeira. De repente, Séfi chega gritando em sua frente e tenta socá-lo, mas ele se defende usando apenas uma mão enquanto seus cabelos até se agitavam um pouco devido ao impacto. O várvaro continuava enfurecido, pois a resistência do zorn era muito superior e logo ele o escuta dizer:

Sirius – Vocês lutam por uma causa perdida.

De repente, Sirius se vira puxando o Séfi pelo punho e rapidamente o lança pelo ar. Impressionado com o nível daquele poder, ele segue até cair entre um monte de destroços.

Sem demonstrar preocupação alguma, o ditador olha para o local enquanto que lá atrás, Paine se aproximava voando com suas espadas. Quando ela chega numa grande velocidade e ataca por cima, o alvo desaparece imediatamente deixando apenas um rastro de fumaça negra no ar. Nesta hora, a anja percebe algo e logo se vira cruzando as lâminas justamente no momento em que o Sirius ressurge naquele local e lhe ataca com a catana, e assim, ela consegue se defender a tempo daquele inimigo cujo exibia um sorriso malicioso em seu rosto. De repente, os dois começam a rebaterem as suas armas usando golpes fortes e precisos que faziam o tinido ecoar pelos arredores tornando a luta cada vez mais intensa.

Numa ferocidade fora do comum, Paine golpeava em várias direções e Sirius rebatia os seus ataques com grande velocidade. A anja se mostrava muito séria durante os movimentos, já o ditador continuava sorrindo e até exibia um certo tom de deboche. Ali, os dois estavam determinados em uma perigosa batalha onde qualquer deslize poderia ser fatal.

Por fim, os guerreiros cruzam suas espadas num impacto tão forte que até levanta a poeira ao redor. Neste momento, eles se encaram em meio ao clima pesado e logo a Paine fala:

Paine – Isso é o melhor que sabe fazer?

Ao ser questionado, Sirius dá uma leve gargalhada e a responde:

Sirius – Essa sua insolência será a sua ruína.

De repente, os dois se afastam duma só vez e se distanciam. Quando o zorn para, ele se surpreende com uma enorme rocha se aproximando pela sua direita. Logo ela chega se espatifando no local, espalhando vários destroços e formando muita poeira. Ali perto, Sirius ressurge tranquilamente com seu teletransporte, ele não sofreu nenhum arranhão e ao olhar para o lado, se depara com Séfi após lançar o objeto.

Então, o várvaro ergue os braços, pega bastante impulso e soca o chão com toda a sua super força fazendo dezenas de pequenas rochas irem para o alto. Quando as duas primeiras caem, ele usa os punhos para rebatê-las na direção do inimigo, com isso, elas seguem rapidamente pelo ar, mas quando chegam no alvo, são destruídas pelos golpes de catana dele. Eis que mais pedras se aproximam pelo alto de Séfi, e numa precisão incrível, ele também as rebate para cima de Sirius e inicia uma sequência de ataques.

Neste momento, o zorn continua segurando a espada apenas com uma mão e logo começa a destruir as rochas que tentavam atingi-lo. Usando contra-ataques precisos, ele as explodia no ar e espalhava os pedaços para os lados enquanto realizava movimentos elegantes com o braço. As pedras eram macias diante daquela lâmina negra e o Sirius a movia como se fosse um maestro.

De repente, ele se surpreende e salta para o lado, quase sendo acertado pela ponta de um galho cujo acaba levantando muita poeira no chão. Ele era movimentado por telecinese e rapidamente volta a ir para cima do inimigo.

Numa distância segura, Annes encostou as mãos no piso e usava seu poder. Tomada por um sentimento de determinação, ela logo controla mais 5 galhos enormes ao redor e os fazem se mover como cobras na direção do alvo. À frente, o ditador

saltava para trás enquanto o primeiro galho ainda tentava atingi-
lo e levantava a poeira do chão:

Sirius – Ah... Quanta infantilidade!

De repente, ele se teletransporta para cima dele e começa a
correr por sua extensão. Neste exato momento, o zorn percebe
os demais galhos lhe cercando e ocultando qualquer saída dali.
Então, todos eles vão para cima do alvo e iniciam uma sequência
de ataques por cima, cujo cria um cenário caótico em poucos
segundos.

Enquanto isso, Annes se esforçava bastante e mostrava a raiva
em seu rosto. Ao usar aquela energia, seus cabelos também eram
levitados e as veias se delineavam por baixo de sua pele. Lá do
alto, Paine estava impressionada com todo aquele poder. Os
galhos continuavam se movendo e acertando o piso enquanto os
impactos causavam fortes estrondos pelos arredores, onde não
havia nenhum sinal do inimigo.

A féry nem percebe, mas o Sirius acaba se teletransportando
para o alto dela, e ali, ele exibia um desejo assassino no rosto.
Movido nesse sentimento, o zorn cai em sua direção e materializa
uma segunda catana na mão esquerda para dar o golpe final. De
repente, Xino chega saltando pelo lado de Annes e a leva pelo ar

pouco antes do ditador enfincar as espadas no local em que ela estava. Os jovens acabam rolando abraçados até se afastarem do inimigo enquanto o silêncio volta a surgir naquele lugar.

Assustada e deitada de costas, Annes respirava forte enquanto o Xino estava de bruços sobre ela destacando o apavoramento em seu rosto. Naquele breve momento, seus olhares se encontravam num sentimento de paixão, as mãos da féry se apoiavam pelos lados do bastet e um clima amoroso acabou surgindo entre eles.

De repente, uma lâmina negra atravessa as costas de Xino e termina na barriga de Annes, e assim, os dois são surpreendidos. Ali, Sirius havia teletransportado para o lado deles e segurava a arma tranquilamente. A féry estava de olhos arregalados e sentia dor, mas a sua atenção estava totalmente centrada em seu amigo cujo ficou paralisado ao ser atacado. Ali, o sangue escorre da boca dele e uma gota cai até o rosto da amada. Neste momento, Sirius ri da situação e fala com muito gosto:

Sirius – Ah... o amor jovem. A perdição daqueles de mente fraca.

Pouco longe dali, Séfi estava apavorado com o que viu e nem conseguia se mexer. Lá no alto, Paine batia suas asas, mantinha a calma e observava a cena atentamente. Enquanto isso, Max continuava inconsciente no chão e longe do local. Um clima tenso surgiu entre todos onde o silêncio era absoluto.

Então, Sirius puxa sua lâmina e o corpo de Xino cai para o lado de Annes. Ali, ela permanece deitada e vira sua cabeça vagarosamente, até ver seu amigo morto e de olhos abertos. Diante daquela visão perturbadora, a féry entra em um estado de choque e não consegue reagir, pois o medo tomava conta de seu interior e criava um clima pesado em sua mente.

Sem se importar com eles, Sirius se vira e continua rindo enquanto o som de seu deboche ecoava pelo local. Ele se sentia muito realizado e logo começa a falar num tom excitante para todos escutarem:

Sirius – Viram só? Isso é o que acontece com aqueles que são fracos!

Lá atrás, a féry se volta para o ditador sem saber o que fazer. Tudo aconteceu muito rápido e os fantasmas de seu passado gritavam em sua mente. Ficar diante daquela morte, acabou-lhe trazendo um antigo trauma. Enquanto isso, Sirius ainda dizia:

Sirius – Vocês *Starborns* são apenas seres inferiores que se acham especiais!!

Pouco longe dali, Séfi apertava seus punhos com tanta força, que suas luvas começavam a se racharem. A ira em sua mente se tornou muito pesada e as lágrimas começavam a brotar de seu rosto grotesco:

Sirius – Vocês são facilmente iludidos. Seus sonhos não passam de mentiras contadas pelos seus próprios pensamentos!!

Neste momento, Paine aterrissa à uma certa distância dali e abaixa a cabeça de uma maneira triste, fazendo até seus cabelos loiros cobrirem parte do rosto. Mais à frente, o ditador estendia as espadas e continuava dizendo:

Sirius – Hoje, vocês conheceram o verdadeiro motivo de suas vidas inúteis...

Então, ele mostra um sorriso malicioso e fala com muita convicção:

Sirius – A condenação.

De repente, Xino surge se agarrando nas costas dele o assusta pela primeira vez. Isso mesmo, o bastet estava vivo e já lutava para se segurar no inimigo cujo tentava entender a situação. Séfi vê a cena e fica espantado, enquanto isso, Paine ergue a cabeça e mostra um sorriso em seu rosto, afinal, ela sabia o que estava acontecendo.

Bastante irritado, Sirius gira seu corpo até conseguir jogar o jovem para o lado. Com isso, ele rola pelo chão, fica de bruços e destaca um sorriso em seu rosto, mostrando-se saudável e mais forte do que nunca. Ao vê-lo, o ditador range os dentes e o questiona:

Sirius – Como? Como você sobreviveu?!

Diante de tamanha fúria, Xino continua confiante, e assim, ele o responde:

Xino – Esse é o meu poder de *Starborn*! A ressureição! Seu otário!

Neste momento, Sirius sente algo crescendo em suas costas, bem onde uma pequena esfera de luz vermelha foi colada. De repente, ela se expande em enormes feixes luminosos cujo atravessam a sua carne duma só vez e o ferem gravemente. Ali, partes de seu rosto, pescoço e tronco são perfurados enquanto ele estava espantado com aquele inesperado movimento.

Então, pela primeira vez, Sirius cai de joelhos e agoniza. Ali, ele rangia os dentes com força e vagarosamente começa a olhar para o lado, até avistar o Morfeo, com o punho direito erguido e destacando um olhar sério em seu rosto. Foi ele quem materializou aquela pequena bomba e arquitetou o plano com o Xino:

Morfeo – Por acaso você perdeu o equilíbrio? Seu tolo iludido.

De repente, Morfeo materializa suas espadas vermelhas e corre para o ataque. Ele estava totalmente curado e se inspirou em um novo pensamento. De longe, Séfi olhava para o antigo líder e conseguia sentir a sua determinação. E assim, uma nova esperança havia surgido naquele lugar.

Diante do desafio, Sirius desencadeia uma grande fúria em seu interior, essa, o faz se levantar mesmo ferido e ir para a batalha exclamando euforicamente:

Sirius – Você vai pagar por essa heresia!!

Enquanto isso, Xino se aproxima de Annes e a socorre. Ela já havia se curado, mas ainda tentava entender a situação:

Xino – Ei, temos que sair daqui! O Morfeo vai cuidar de tudo agora!

Naquele momento, ao se encontrarem com muita ferocidade, Morfeo e Sirius cruzam as espadas formando um grande impacto. O ditador estava furioso e de seus ferimentos, raios negros começavam a saltar. Ao perceber o perigo, Morfeo se esforça ainda mais e consegue empurrá-lo. Quando recua, Sirius lança a catana da mão esquerda, mas seu irmão se esquiva facilmente para o lado, vai até ele e começa a lhe acertar várias vezes com as duas espadas ao mesmo tempo.

Ali, o ditador acaba recebendo os poderosos golpes cujo cortavam sua armadura cada vez mais e o faziam recuar. Ele ficou muito espantado com aquela situação e nem conseguia reagir, pois a determinação de seu irmão havia sido renovada e estava mais forte do que nunca. Logo as lâminas vermelhas começam a se moverem como chicotes e durante aqueles movimentos, Morfeo fala com muito gosto:

Morfeo – Você se deixou levar pelo poder da energia sombria e se esqueceu de sua verdadeira força!!

De repente, ele une as duas espadas criando uma do tamanho de seu próprio corpo. Ao segurar o porte com bastante firmeza, o zorn de olhos vermelhos arrasta a pesada lâmina pelo piso e exclama com muita vontade:

Morfeo – Um verdadeiro zorn é construído com o suor de seu próprio esforço!!

Então, ele ataca o Sirius brutalmente de baixo para cima fazendo as faíscas vermelhas se saltarem por todos os lados enquanto destacava uma pose muito empoderada. Ali, o ditador acaba sendo lançado para trás, e sob aquela poderosa pressão, ele capota várias vezes pelo piso espalhando os pedaços de sua armadura até parar por completo.

Atordoado, Sirius coloca a mão trêmula no chão e volta a ficar de pé enquanto seus olhos furiosos miravam em seu irmão. De repente, Séfi chega correndo pela sua direita exclamando:

Séfi – Essa é pelo Max!!!

Sem ter tempo de reagir, o zorn começa a ser atingido por uma sequência de socos poderosos. O várvaro atacava com toda a sua força e fazia o inimigo recuar enquanto descontava a sua raiva de todas as atrocidades que ele causou. Os golpes estalavam no ditador ao mesmo tempo em que gotas de sangue saltavam de seus ferimentos. Então, Séfi grita bem forte, expande os músculos no braço direito e o acerta com um poderoso soco de baixo para cima. E assim, Sirius acaba sendo mandado para o alto com uma terrível dor por todo seu corpo. Ao atingir uma grande altitude, ele range os dentes com muita raiva e fala:

Sirius – Seus malditos!

De repente, uma esfera luminosa chega por baixo e o empurra brutalmente ainda mais para cima. O corpo dele até gira no ar e logo surge outra magia lhe acertando pelo lado. Então, as duas começam a golpeá-lo várias vezes, o mantendo lá em cima e o ferindo ainda mais.

Os ataques eram poderosos e impactavam o ditador a ponto de deixá-lo apavorado enquanto mais pedaços de sua armadura se soltavam aos poucos. Abaixo, Paine movimentava seus braços com as espadas e girava o corpo. Ela dançava graciosamente para controlar sua técnica enquanto o inimigo era massacrado acima. Por fim, as duas esferas se explodem em Sirius e espalham um grande brilho pelo lugar. O estrondo ecoa por toda a parte e uma massa branca fica no ar, onde nenhum sinal do inimigo era avistado.

De repente, grandes raios negros surgem criando uma espécie de campo de força e logo um deles segue rapidamente para baixo. Ao vê-lo, Paine se impulsiona para trás e escapa do ataque cujo termina se explodindo no chão.

Aquela era a energia sombria se manifestando com movimentos violentos, ecoando um som agonizante e crescendo cada vez mais. Em meio a ela, Sirius levitava todo desfigurado e tomado por uma imensa fúria.

Diante do que vêm, Paine e Séfi ficam apavorados, pois aquele poder brutal era aterrorizante e lhes trazia uma intensa sensação perigosa. Já o Morfeo estava bastante atento, afinal, ele conhecia todas as histórias antigas sobre a energia sombria.

Então, em meio ao seu campo de força, Sirius fala com uma voz grave e alta:

Sirius – Vocês seres inferiores irão pagar por essa heresia!! Eu vou destruir todos vocês!!

De repente, ele grita intensamente e o som ecoa por todo o lugar. Pelos arredores, alguns galhos até se retraíam amedrontados com aquela presença e suas folhas se soltavam. As trevas começavam a tomar conta do Altar Divino, onde dezenas de linhas negras se espalhavam pelos ares em formas rabiscadas, barulhos de raios surgiam a todo momento e um clima aterrorizante era criado.

Sob aquela fria escuridão, Morfeo olhava para cima e logo o Séfi se aproxima lhe questionando com muito medo:

Séfi – Ei! O que o Sirius está fazendo?

Os olhos vermelhos do zorn estavam centrados em seu irmão, e assim, ele responde ao antigo pupilo:

Morfeo – Concentrando energia, ele pretende destruir a todos com um só golpe!

Diante da notícia, o várvaro se apavora enquanto os barulhos dos raios se tornavam ainda mais fortes. Ali perto, Xino e Annes estavam juntos e também olhavam para o alto.

Naquele perigoso momento, a Zaira se levantava com dificuldade e quando percebe o que estava acontecendo, fica impressionada com aquele poder tenebroso:

Zaira – Pelos deuses...

Acima, Sirius ganhava altitude e seu campo de força ainda transformava o ar em uma massa escura. E assim, surge uma nova ameaça em voz grave:

Sirius – Eu farei toda essa cidade cair e uma nova ordem será estabelecida sobre as cinzas!!

Aquele poder de Sirius era medonho e perigoso, alguns galhos da árvore caíam e até as pedras do chão começavam a levitar. Visto de longe, o campo era uma grande mancha negra cujo ainda ganhava altitude e se tornava cada vez mais poderosa.

Nas ruas, vários prédios estavam rachados e os civis que sobreviveram viam a cena. Alguns já fugiam desesperadamente e gritavam, mas um deles era um pai cujo abraçava seu filho num instinto de proteção. O clima escuro surgia sobre Devin como se fosse uma terrível tempestade, e ao mesmo tempo, trazia uma sensação aterrorizante.

De volta ao Altar Divino, as trevas haviam tomado conta de toda a sua região, mais galhos caíam e os sons dos raios eram constantes. Naquele momento, Sirius atingia uma grande altitude, muito acima do topo da árvore onde sua massa de energia escura se destacava para a cidade inteira. Então, ele ergue os braços e vários raios começam a se concentrar em suas mãos, em seguida, grita mais uma vez enquanto se preparava para um ataque devastador:

Sirius – Habitantes de Devin!! Esse é o fim de todos vocês!!

O barulho ecoa rapidamente por todos os arredores, e mais uma vez, o mal prevalecia sobre aquela cidade.

De repente, a 200 metros abaixo, Séfi se posiciona sobre um galho caído e logo exclama com muita confiança:

Séfi – Morfeo! Agora!

Quando ele estende o braço direito, Morfeo surge aterrissando em cima dele. Então, o várvaro usa toda sua super força e lhe impulsiona duma vez para o alto.

Em pleno ar, os cabelos negros de Morfeo eram agitados, os olhos vermelhos estavam com um brilho intenso e em sua mão direita, uma nova espada é materializada. Ainda havia uma chama de esperança nos *Starborns*, e ela, era a única luz que desafiava aquela escuridão.

De repente, Paine acompanha Morfeo e o pega pela mão esquerda, em seguida, bate suas asas com todas as suas forças e exclama:

Paine – Acaba com aquele infeliz!

E ali, ela também o impulsiona para o alto lhe fazendo decolar com muito mais velocidade do que antes. Os raios negros começavam a cair pelos arredores, mesmo assim, Morfeo segue para o meio deles sem medo algum, pois ele tinha um dever a cumprir e somente uma chance para isso. Eis que a Annes chega voando e lhe encosta as suas mãos. Ali, ela usa seu poder, se deita para trás, grita bem forte e o impulsiona fazendo até um estrondo ecoar pelo ar.

E assim, Morfeo atinge uma velocidade extrema cujo cortava o vento. Ele nem sentia seu corpo e sua mente estava totalmente concentrada em um só alvo. Movido num sentimento de coragem, sua própria energia começava a cobri-lo de vermelho, o transformando em uma espécie de estrela escarlate que decolava constantemente e deixava um rastro brilhante para baixo.

Enquanto isso, Xino e Séfi olhavam atentamente para o alto, ambos ansiosos e impressionados. Em outra parte, Zaira ficou apavorada com o que via e até se tremia de medo. Ali perto, o grande primata Créb trazia o cadáver do Cérbero e também estava atento a situação. Max continuava inconsciente e seus cabelos se agitavam com o vento. Em pleno ar, Annes voa para perto de Paine e juntas elas olham para cima transmitindo a confiança em seus rostos.

Naquele momento, Morfeo carregava todas as esperanças do *Starborns* que ainda acreditavam nele, e ao perceber isso, lágrimas brotavam de seus olhos vermelhos. Então, com uma extrema velocidade, ele começa a atravessar o campo de força e até escuta o medonho grito de seu irmão. Os raios negros caíam pelos arredores e se tornavam cada vez mais perigosos. Diante disso, Morfeo range os dentes e concentra sua energia ainda mais, afinal, ele precisava cumprir a missão mesmo que isso custasse a sua vida.

Acima, Sirius estava pronto para atacar a árvore e até mostrava um sorriso em seu rosto desfigurado, então, ele exclama:

Sirius – MORRAM!!!

De repente, Morfeo surge lhe cortando ao meio até atravessá-lo numa enorme brutalidade e deixar apenas as faíscas vermelhas no ar. Ali, os olhos de Sirius ficam arregalados, a energia sombria em suas mãos se desfazem por completo e seu corpo acaba se dividindo em duas partes. Mais acima, Morfeo se virava lhe encarando com raiva, seus cabelos negros se agitavam bastante e neste breve momento, ele fala tranquilamente:

Morfeo – Irmão... Descanse em paz.

Então, o corpo do ditador começa a se desfazer em milhares de partículas negras, essas se espalham para todos os arredores no ar enquanto um absoluto silêncio surgia após o caos. Aquele era o fim de um ditador inescrupuloso, morto pelo irmão mais novo cujo foi motivado por uma nova esperança de vida. E assim, os raios negros cessam, uma repentina paz começa a tomar conta do lugar e a cidade de Devin acaba sendo salva de uma destruição em massa.

Um absoluto silêncio tomou conta do Altar Divino e em pleno ar, Morfeo caía com os braços estendidos. Seu corpo cortava o vento constantemente, suas energias se esgotaram e com isso, ele fecha os olhos vermelhos. Ali, o zorn ficou inconsciente, mas estava sob uma imensa tranquilidade. Após muito tempo, ele sentia uma verdadeira paz em seu interior.

De repente, uma anja chega voando ao seu lado, o pega pelas mãos e começa a levá-lo em segurança para baixo. Paine consegue salvá-lo de uma morte certa e quando olha para ele, fica intrigada com um sorriso de satisfação que se destacava em seu rosto. Eles nem perceberam, mas um pequeno drone os vigiava com sua câmera e logo ele voa para fora dali levando consigo as evidências daquela batalha.

A calmaria também predominava na cidade, pelas ruas haviam carcaças de naves destruídas, rachaduras nos prédios e um grande silêncio circulando aos arredores. Vários zorns olhavam para a Árvore Ancestral. Alguns sussurravam entre si, outros apenas estavam boquiabertos, mas todos continuavam apreensivos.

O silêncio predominava no Altar Divino repleto de destruição, muitos galhos se encontravam caídos, os cadáveres de *Starborns* ainda eram vistos em alguns pontos, mas a calmaria reinava por toda sua região. Enquanto isso, Max ainda estava desmaiado e ao seu lado, Créb lhe observava e emitia um som manhoso de si. Ele respeitava aquele garoto e logo começa a mexer nele com o dedo. Eis que o Xino chega correndo até o amigo e o socorre:

Xino – MAX!!

Logo a Annes também se aproxima deles e fica apreensiva, afinal, os três criaram um laço de amizade muito forte. Tomado por uma preocupação fora do comum, Xino olhava atentamente para o garoto, e logo percebe que ele não mexia nenhum músculo. Isso o deixa tão amedrontado, que o faz dizer sob um clima de suspense:

Xino – Max?

Novos passos são escutados, pois Séfi também chegava ao local e mostrava o seu desespero. O olhar de Annes era muito triste, pois ela já esperava o pior da situação. Créb continuava bem calmo em meio aos outros e mais uma vez ele cutuca o jovem. Ali, Xino começava a entender que o seu melhor amigo estava morto. Isso faz a sua respiração ficar intensa e as lágrimas brotarem de seus olhos fixos enquanto um grande medo pesava em seus pensamentos. Ao sentir tamanho luto, Annes vai até o Séfi e lhe abraça firmemente. Naquele momento, ele nem conseguia falar nada, afinal, acabou sendo tomado por uma profunda tristeza.

De repente, Max abre a boca ensanguentada, mostra vários dentes quebrados e pergunta tranquilamente:

Max – A luta já acabou?

Eis que todos lhe observam devagar, até perceberem que ele havia acordado há bastante tempo, mas se passava por inconsciente para evitar a luta, e isso... os deixa bastante irritados:

Xino – Você se fingiu de morto?!

Annes – Todo mundo estava lutando e você aí deitado?!

Ainda atordoado, o menino abre os olhos, exibe um sorriso tímido e se depara com os demais lhe observando atentamente. O sentimento de tristeza se transformou em raiva em poucos segundos:

Max – Aí, eu fiz minha parte... pelo menos nós ganhamos!

Xino – Ora seu!! Eu gastei uma das minhas vidas enquanto você estava aí deitado!!

Max – Do que você está falando?! O Sirius me acertou com um golpe muito forte! Eu quase morri!!

Annes – Dá próxima vez, eu que vou dar uma joelhada na sua boca!!

Indignado com a cena, Séfi coloca a mão no rosto, suspira e balança a cabeça para os lados enquanto o Créb lhes observava de um jeito confuso.

Ali perto, Morfeo foi sentado no chão e também havia acordado, Paine se encontrava ao lado dele e juntos assistiam a briga das crianças. O zorn estava bem atento a eles e sentia o quanto eram amorosos uns com os outros. Ao ver a sua reação, a anja fala com muita calma:

Paine – Você percebeu? Podemos evoluir de várias maneiras, mas nem todas podem nos dar momentos especiais como esses.

Diante daquele ensinamento, Morfeo continuava quieto enquanto seus olhos vermelhos miravam em Max. E assim, ele percebe que seus planos eram cruéis demais para aquelas crianças inocentes.

À uma certa distância, Zaira observava o seu antigo líder. Em seu olhar ainda havia rancor, mas a sua fúria acabou se apagando após ela ver todo o poder dele.

De repente, dezenas de robôs Sentinelas começam a chegar voando no Altar Divino. Seus barulhos eram intensos e os rastros de fumaça ficavam no ar. Diante da nova ameaça, Séfi se prepara e o Créb começa a rosnar se sentindo irritado, mas eis que a Annes se aproxima, toca em sua mão direita e chama a sua atenção. O primata acaba sentindo a doce energia da féry sendo transferida para ele, e ali, ela o acalma. Max e Xino também estavam assustados enquanto eram cercados pelo ar.

Neste momento, Paine ajuda o Morfeo a se levantar e lhe escuta dizer:

Morfeo – Acho que agora vamos ter que aceitar a justiça de Devin.

Em meio à destruição no Altar Divino, os *Starborns* são rendidos pelos robôs armados com canhões. Eles eram tão intimidadores, que até o clima tenso podia ser sentido no ar.

Bem acima, uma pequena faísca negra se desfazia vagarosamente. Ela era tudo o que havia restado da energia sombria, e logo se apaga em meio ao silêncio.

SONHOS ALÉM DO UNIVERSO

Numa sala escura, uma única luz iluminava o centro, e lá estava o Morfeo, com vestes brancas e acorrentado pelos braços. A seriedade se destacava em seu rosto, o silêncio predominava em sua mente, e ao redor, 10 juízes com túnicas douradas se encontravam em altares. Naquele estranho lugar, eles se mantinham nas sombras, mas ainda assim, eram intimidadores durante o julgamento daquele insolente:

Magmar – Morfeo... A sua invasão inicial colocou em risco a integridade de toda a Devin. Dezenas de inocentes morreram durante a catástrofe e milhares estão desabrigados. Além disso, você não só sequestrou o núcleo, como também confrontou a nossa rainha em uma batalha perigosa.

Um clima tenso era sentido no ar, e sob ele, os demais juízes diziam com vozes graves:

Zendor – Os seus pupilos sobreviventes serão inocentados de qualquer acusação, já que até mesmo eles foram enganados pela sua atitude.

Naquele momento, passos eram escutados em um corredor escuro, onde à frente se encontrava uma luz. Ao chegar diante dela, Séfi até fecha os olhos enquanto Max e os outros lhe acompanhavam. Todos haviam sido presos, mas acabaram sendo inocentados devido às suas ações heroicas. Alguns segundos depois, correntes caem aos pés deles. Enquanto isso, o julgamento continuava:

Brakio – A rainha Alexia era um membro essencial para a proteção da Árvore Ancestral, sem ela, teremos que optar por todos os nossos recursos maquinários a fim de termos uma chance contra qualquer invasão perigosa.

No coração da Árvore Ancestral, vários capitães e anciões se ajoelhavam diante do grande cristal. Ali, ainda haviam os rastros de uma feroz batalha, mesmo assim, eles estavam calados e homenageavam Alexia, afinal, ela deu a vida para salvar a cidade:

Joube – Não existe nenhum outro zorn cujo herdou o poder luminoso de sua mãe, e agora, Devin se encontra ferida e muitos criminosos tentarão tirar vantagem disso.

Longe dali, alguns prédios estavam em ruínas e as rachaduras se encontravam em outros. O clima de medo ainda circulava pelas ruas vazias, e as esferas luminosas no céu, já não brilhavam como antigamente.

Cercado pela escuridão, Morfeo ainda era julgado sob um clima pesado:

Brakio – Seus atos egoístas trouxeram um grande caos para todos nós.

Um silêncio perturbador surge ali. Em meio à condenação, o réu abaixa a cabeça vagarosamente e fecha os olhos, afinal, ele já estava pronto para ela:

Joube – Contudo, um dos nossos drones gravou as evidências de sua batalha contra o Sirius. Apesar do que fez, você lutou até o fim para deter aquele traidor e nos salvou de uma possível destruição. Diante disso, o júri chegou a um veredito.

Magmar – Você será exilado de Elísios. Todos os seus títulos reais serão desfeitos e o seu nome passará a ser considerado um insulto.

Lania – Você jamais poderá voltar ao planeta, se quebrar essa regra, será colocado um preço sobre a sua cabeça e a morte se tornará a sua única saída.

Joube – Essa sentença será espalhada por vários planetas do nosso sistema cujo nos ajudarão a detê-lo, caso seja necessário.

Magmar – Esse é o nosso decreto final, tudo em nome de Devin, e pela honra da nossa falecida rainha Alexia.

De repente, um deles bate um martelo e assim, o silêncio ressurge entre todos. Consentido do que fez e cercado pela escuridão, Morfeo aceita todos os termos e se mantém calado ali. Mas em seus olhos vermelhos, era possível perceber uma certa determinação em algo novo que lhe vinha em mente.

Três dias se passam, e um amanhecer em Devin espalhava a luz radiante do sol pelos prédios danificados. Nas ruas, os escombros ainda eram retirados, civis se alimentavam nas esquinas e naves de resgate voavam a todo momento pelo céu. Mutirões ajudavam os desabrigados cujo formavam filas nas calçadas. Rachaduras ainda eram encontradas em várias partes das ruas e um clima de luto podia ser sentido até mesmo no ar.

No Altar Divino, a destruição ainda era grande e as risadas de uma criança alegre surgiam de um local. Lá, Max corria com uma túnica vermelha e estava muito feliz, mesmo com alguns dentes quebrados. Eis que o Créb se aproxima por trás dele emitindo um leve rosnado e o pegando em seu colo, em seguida, ele o ergue até o alto numa agradável brincadeira de pique-pega. Os dois novos amigos se divertiam bastante naquele lugar e o clima de alegria predominava entre eles.

Pouco tempo depois, o primata e o garoto se encontravam um de frente para o outro. Os dois estavam felizes enquanto algo importante era dito:

Max – Aí, se vai ficar aqui mesmo, faça o possível para não causar problemas.

Ali, o Créb olhava para o Max de um jeito ansioso e sem entender nada do que ele lhe dizia:

Max – Infelizmente, eu não posso ficar aqui com você, mas o Séfi conseguiu convencer os capitães da cidade a te darem o título de Sentinela já que nós destruímos o Caçador.

Alguns pássaros voavam acima trazendo uma certa sensação de paz naquele lugar destruído:

Max – Prometo que eu vou visitá-lo sempre que puder, mas enquanto isso, eu quero que você se cuide e jamais se apaixone por uma loira bonita. Eu vi isso num filme antigo lá no meu planeta e o final do primata não foi muito legal.

Eis que o Créb faz um barulho fanho e brevemente coça o traseiro. Ao ver isso, Max acaba rindo, em seguida, ele ergue o punho direito e fala com muita convicção:

Max – Aí "grandão"... A gente se vê em breve! Seremos amigos até o fim!

Diante do gesto, o primata lhe observa durante alguns segundos, até começar a erguer o seu musculoso braço. Então, cercados pela destruição e sob o brilho da luz do sol, Max e Créb encontram os seus punhos em um cumprimento amistoso. A diferença de tamanho deles era notável e a grandeza do sentimento afetuoso que compartilhavam, se tornava algo inexplicável.

Enquanto isso, sentados lado a lado e sobre um grande galho de frente ao nascer do sol pelos prédios da cidade, Xino e Annes admiravam a paisagem e aproveitavam o momento. Ali, eles usavam túnicas brancas, estavam em paz e conversavam sobre uma situação passada:

Annes – Tenho que admitir, esse seu poder de *Starborn* é muito estranho... Quer dizer que o limite para as ressureições é de sete vezes?

Xino – Eu ainda não tenho certeza, mas acredito que seja isso. Eu li em algumas histórias que haviam seres místicos no sistema de Xúria cujo tinham essa habilidade.

Annes – Ah ... Mas ainda assim é algo novo.

Xino – Bom, eu sempre mantive isso em segredo por escolha minha. Acabou que se tornou uma jogada de mestre no final.

Annes – Com certeza, mas se elas acabarem, você não vai servir de nada.

Eis que o bastet abaixa as orelhas e faz uma expressão triste em seu rosto:

Xino – É... Vou tentar ter mais cuidado da próxima vez.

Naquele momento, Annes estava sorrindo ao lado dele e sentia uma sensação diferente em seu interior:

Annes – Quer dizer que você agora tem 6 vidas?

Xino – Ah... Sim. Mas não se preocupa com isso, contanto que eu não me envolva com predadores perigosos, batalhas espaciais, perseguições pela cidade, robôs caçadores gigantes e maníacos egoístas... Eu vou ficar bem.

Ao ouvir isso, a féry começa a rir de um jeito tímido, cujo acaba deixando o bastet feliz:

Annes – Sabe... Você fez algo muito importante por mim...

De repente, Annes leva sua mão sobre a de Xino, isso o faz até levantar as orelhas e ficar muito nervoso. Ao olhar para ela, ele acaba se deparando com um encantador sorriso. Um clima romântico acaba surgindo no ar e logo a jovem fala de um jeito muito sério:

Annes – Você me deu uma vida... em vários sentidos.

E assim, surge um repentino silêncio entre os dois, como se tudo ao redor tivesse se calado para eles. O olhar do bastet era de espanto e ele sentia que devia tomar uma atitude naquele momento. Mas a sensação era mútua e sem perceberem, eles a aproximavam seus rostos vagarosamente. Os olhares eram fixos, os corações batiam mais fortes e o sentimento se tornava o mesmo. Então, Annes e Xino se beijam tranquilamente sob a luz do amanhecer cujo refletia suas sombras. Pelo visto, aquele gesto era comum em várias galáxias, mostrando que mesmo com as diferenças, o amor ainda se estabelecia.

Algum tempo depois, Max caminhava sobre as folhas secas em um corredor, mas logo ele para e fica atento, pois Morfeo estava 6 metros à frente e encostado na parede. Com os olhos fechados e braços cruzados, o zorn se mostrava muito sério e usava uma capa marrom cujo cobria todo o seu corpo. Ao lado, havia uma grande ferramenta enrolada em um pano.

Neste momento, o menino engole seco e volta a caminhar fazendo os leves sons de suas pisadas ecoarem pelo local. Quanto mais se aproximava de seu antigo líder, mais o coração batia forte, e dali, ele ainda o via de olhos fechados, como se não se importasse com a sua presença. Logo o Max começa a passar diante dele mostrando uma certa aflição em seu rosto e sentindo o grande sentimento da ignorância. De repente:

Morfeo – Aonde você pensa que vai?

Eis que o menino para imediatamente e fica muito espantado, em seguida, ele vagarosamente começa a se virar até parar diante do zorn cujo lhe olhava com calma:

Max – Pensei que você havia sido levado para fora do planeta.

Morfeo – E serei, daqui a pouco. Mas consegui um pequeno tempo para me despedir de vocês.

Pela primeira vez, os dois finalmente conversavam numa situação normal, então, Morfeo pega a ferramenta ao lado e a estende para o antigo pupilo dizendo:

Morfeo – Eu materializei isso para você.

Impressionado, ele a recebe de bom grado e acaba sentindo seu peso:

Morfeo – Você tem muito o que aprender ainda, mas sei que se tornará um poderoso guerreiro.

As lágrimas já brotavam nos olhos daquele pequeno menino e com um jeito entusiasmado, ele começa a tirar o pano do objeto. Ao terminar, Max se depara com uma espada de 1 metro e da cor dourada, em seu meio havia uma linha e o porte se adequava ao tamanho de sua mão. Ele fica muito feliz com o presente e logo fala:

Max – Uau! Isso é incrível! Tipo... eu me sinto o "Vaan" do *Final Fantasy 12!*

Ao ouvir aquilo, Morfeo faz uma expressão de confuso. Então, Max lhe olha com um grande sorriso e o questiona:

Max – Ei! Se você me treinar bastante, será que eu posso me tornar um "jedi"?!

E assim, o zorn acaba rindo daquela estranha ideia, em seguida, ele se abaixa até o menino, coloca a mão em seu ombro direito e começa a dizer:

Morfeo – Max, o que você fez no Altar Divino foi imprudente e estúpido, mas foi necessário para me fazer enxergar uma nova verdade. Eu não serei mais o seu líder, mas ainda posso lhe dar alguns conselhos...

Diante do zorn, o garoto começa a sentir uma enorme superioridade, algo que lhe trazia bastante confiança:

Morfeo – Existem muitos seres maldosos ao nosso redor, e os seus amigos sempre irão precisar de você. Portanto, faça a sua parte para se fortalecer e tornar o mundo melhor. Você deve treinar bastante para enfrentar todos os obstáculos que a vida lhe trouxer e sempre se lembre... você é um *Starborn*, e jamais estará sozinho.

Tais palavras conseguem impactar o jovem, e ali, pela primeira vez em sua vida, ele sentia o que era ter um pai. De repente, Max vai para cima de Morfeo e o abraça com força. O carinhoso gesto até o assusta, mas um sorriso de satisfação acaba surgindo em seu rosto.

Certo tempo depois, em um espaço-porto da Árvore Ancestral, lá estava a Z-1, totalmente restaurada e refletindo um brilho em sua lataria. Diante dela, Séfi e Zaira usavam túnicas brancas enquanto conversavam:

Zaira – Tenho que admitir, ela ficou impecável.

Séfi – Está melhor do que antes.

Eis que o Morfeo se aproxima ao lado e acaba chamando a atenção. Quando o vê, a guerreira dos diamantes se mostra irritada, mas não a ponto de perder o controle. O zorn estava calmo e também se admirou com a restauração da nave:

Morfeo – Ela ficou linda... Espero que cuidem dela.

Séfi – Não se preocupa, o Xino é um dos nossos melhores mecânicos.

Neste momento, Morfeo se lembra de algo que já havia sido decidido entre seus antigos pupilos:

Morfeo – Todos estão de acordo com os seus planos?

Séfi – Sim. Max e os outros querem descobrir novos mundos enquanto a Zaira e eu vamos ajudar a restaurar a cidade.

Morfeo – Só espero que saibam o que estão fazendo.

Séfi – Sabemos sim... e nós vamos nos cuidar.

Ao ouvir isso, Morfeo olha tranquilamente para os *Starborns*, e dali, consegue sentir uma certa hostilidade vinda de Zaira. Ela ainda não estava pronta para perdoá-lo, mas mesmo assim, ele continuava calmo diante dos dois:

Morfeo – Eu jamais me perdoarei pelo que fiz contra vocês.

Séfi – Eu sei, mas agora é hora de seguir adiante. O que vai fazer depois daqui?

Quando questionado, o zorn se vira e começa a olhar para a paisagem. Logo surge um leve vento lhe agitando os cabelos negros enquanto uma grande seriedade era vista em seus olhos vermelhos:

Morfeo – O Sirius teve acesso à energia sombria, por muito tempo não se ouvia falar dela e eu acredito que existam outros como ele em posse desse poder maléfico.

Diante do que escutavam, Séfi e Zaira estavam bastante atentos:

Morfeo – Eu vou investigar essa história e pretendo destruir todos esses fanáticos. Aquele poder foi capaz de destruir um sistema solar inteiro e enquanto existir... ninguém estará a salvo.

Dali, Morfeo conseguia avistar dezenas de naves seguindo por entre os prédios. Ele se mostrava muito calmo, pois havia traçado um novo objetivo para sua vida e estava determinado a cumpri-lo. Neste momento, surge um chamado:

Séfi – Morfeo...

Ao escutá-lo, o zorn se vira tranquilamente e se depara com um confiante sorriso no rosto grotesco de Séfi. O clima entre eles era bastante agradável, e assim, o várvaro fala com muita convicção:

Séfi – Faça o que for necessário, mas não se deixe cair na tentação.

Tais palavras acabam impactando o Morfeo e o faz olhar brevemente para a Zaira. Ao perceber o rancor dela, ele sente que precisava fazer o certo para não cometer os mesmos erros de antes. De repente, o som de uma nave se aproximando é escutado e todos olham para o alto. Ela era um modelo pequeno e vinha acompanhada de 10 Sentinelas. Diante do que vê, o zorn fala:

Morfeo – A minha carona chegou... não se preocupem comigo, eu farei o necessário para o bem de vocês.

Sem mais delongas, ele começa a caminhar em direção do ponto de aterrissagem enquanto era observado pelo seus antigos pupilos. Séfi ainda estava sorrindo e logo a Zaira lhe questiona:

Zaira – Você ainda confia nele?

Expressando um olhar calmo e semicerrado, ele a responde com toda sua sinceridade:

Séfi – Sim. Ele não é mais como antes, e sempre haverá espaço em nossos corações para uma verdadeira mudança.

Dali, os dois viam o Morfeo de costas, e até mesmo daquela posição, ele se mostrava muito poderoso e respeitável.

Eis que o Séfi e a Zaira escutam uma discussão se aproximando por trás:

Annes – Eu não entendo... por que ele te deu uma espada se você não sabe lutar?!

Max – Por que eu ainda posso aprender, e aposto que ficarei melhor do que você!

Quando olham para lá, os dois se deparam com Max, Annes e Xino caminhando em direção da Z-1. O menino e a féry discutiam bastante, já o bastet seguia alegremente e saltava a cada passo. Diante do que vêm, Séfi e Zaira conversam novamente:

Zaira – Eles vão ficar bem?

Séfi – Foi escolha deles, acredite, um dia... todos serão mais fortes do que nós, mas para que isso aconteça, terão que ver o quão desafiador o universo pode ser.

Quando avista o Séfi, Annes deixa o Max de lado e corre em sua direção. Pelo caminho, ela esbanjava uma verdadeira felicidade em seu rosto, algo muito diferente de sua antiga personalidade. Nesse sentimento, a jovem chega até o amigo, salta com vontade em seu colo e lhe abraça carinhosamente.

Ali, os dois se amavam como se fossem irmãos e eram bastante ligados. Ao se afastarem, o várvaro coloca a mão sobre os cabelos da féry e conversa com ela:

Séfi – Ei, cuida daqueles dois. Não se esqueça de que eles são uma dupla de idiotas.

Annes – Pode deixar, eles estão na minha mão!

Séfi – Imagino. E então, quais serão os seus planos?

Annes – Ah... O Max disse que a vida no espaço é como se fosse uma espécie de R.P.G. Eu não sei o que é isso, mas as coisas que ele contou até que fazem sentido. Nós vamos ficar fortes juntos e nos tornaremos melhores por conta própria. E sobre a situação na minha terra natal, não se preocupe, quando for a hora certa, eu irei resolver.

Ao dizer isso, Annes volta a abraçar o Séfi e mais uma vez o faz sorrir. De repente, Max e Xino também se aproximam e o agarram pelos lados. Isso o deixa muito feliz e logo ele os envolve com os braços:

Max – Aí Séfi! A gente vai voltar em breve! Cuida do Créb por mim!

Séfi – Pode deixar!

Xino – Ah, e se por acaso você encontrar algum canhão de plasma ultra poderoso, guarde ele para mim até eu voltar!

O carinho que aqueles quatro compartilhavam não tinha comparação. Todos passaram por muita coisa juntos e a amizade entre eles se tornou muito forte. Ao lado, Zaira olhava sorrindo para os jovens e estava admirada com o quanto que cresceram.

Pouco tempo depois, Annes e os outros entravam na nave com as suas malas. Ao olhar para frente, Max se espanta com um par de asas e até deixa sua bagagem cair. Sentada em uma das poltronas, Paine estava com os pés sobre o painel e aguardava pela chegada deles. Ela ainda usava o seu traje branco e no rosto havia um sorriso meigo:

Paine – Pensei que vocês não viriam mais.

Mesmo intrigados com aquela visita, eles seguem adiante:

Xino – O que você faz aqui?

Paine – Nada demais, apenas seguindo o meu propósito. E então, tem espaço para mais uma integrante nessa tripulação de crianças sonhadoras e poderosas?

Diante do que escuta, Max mostra um grande sorriso cujo destacava seus dentes quebrados. Então, ele e os outros se olham muito felizes com a nova parceira e logo correm para seus lugares. Annes se senta ao lado da anja e brevemente as duas conversam:

Annes – Então, qual é esse tal propósito de que você tanto se gaba?

Paine – Ele ainda está longe, mas eu sinto que se estiver ao lado de vocês, vou chegar mais rápido até ele.

Annes – Espero que tenha a mesma paciência do que eu para aguentar aqueles dois.

Paine – Não se preocupa, já encontrei piores.

Em um dos painéis, Xino já realizava alguns comandos, mas estava com dúvida em algo:

Xino – E então? Por onde vamos começar?

Quando questionados, os demais olham para ele, e logo o Max fala:

Max – Bom, eu estava pensando em irmos num planeta normal para comprarmos alguns brinquedos. Que tal?

Xino – Brinquedos? É nisso que a sua mente perturbada está pensando depois de tudo o que passamos?

Max – E o que você sugere?

Xino – Nós precisamos de armas! Eu conheço um lugar incrível para isso.

Annes – Ah não! Nem pensar! Eu sempre quis conhecer as cascatas de Alcária! Vamos para lá hoje!

Ao se encontrarem divididos por algumas opiniões diferentes, Max, Xino e Annes começam a discutir mais intensamente:

Max – Como é a história? A gente tem mais é que se divertir! Nós somos apenas crianças!

Xino – O que a Annes quiser, a gente faz! Ela é a nossa capitã!

Max – E quem disse isso? A Paine é quem deveria ser a capitã!

Xino – Ô "banguela", é melhor você ficar calado! O novato aqui é você!

Annes – É isso aí, vamos para Alcária e ponto final! Dizem que as águas das cascatas são as mais lindas daquele sistema!

Quando escuta aquilo, Xino olha assustado para Annes e lhe questiona:

Xino – Você disse... "Águas"? Pensei que as cascatas eram feitas de poeira cósmica!

Logo ela se irrita ao ouvir aquilo e lhe encara intensamente. De repente, Paine entra tranquilamente na discussão dizendo:

Paine – Ei... Se acalmem.

Ao ouvirem sua doce voz, todos lhe olham ao mesmo tempo, em seguida, a escutam dizer de uma maneira muito convicta:

Paine – Fiquem tranquilos. Nós somos apenas crianças, e ainda temos um universo inteiro para dominar.

Tais palavras acabam trazendo uma grande confiança aos demais. Max transmitia o olhar determinado e seu sorriso se destacava no rosto. Depois de tudo o que passou, ele amadureceu bastante e estava disposto a continuar numa jornada repleta de desafios. O menino finalmente encontrou o seu lugar naquele vasto universo, e pela primeira vez, ele se sentia verdadeiramente feliz.

Enquanto isso, Xino também estava alegre e disposto a fazer o possível para ajudar a todos. Ali, ele olha brevemente para sua amada, e neste exato momento, percebe que o seu maior desejo era estar com ela em qualquer situação.

A tranquilidade de Paine era a sua maior virtude e ela nem se preocupava com o próximo destino. Aquela bela anja ainda pretendia cumprir a promessa que fez ao Kroni e estava bastante confiante em sua nova equipe.

Ao seu lado, Annes se sentia muito satisfeita com aqueles amigos fortes e afetuosos. Ela já não era mais triste e o seu sorriso se tornou o mais contagiante de todos. Mesmo com os problemas para resolver em seu mundo, a féry estava calma e sabia que a sua longa jornada precisava ser aproveitada ao máximo possível.

Algum tempo depois, a Z-1 decolava e seus propulsores faziam muito barulho. Numa distância segura, Séfi e Zaira a avistavam, ambos dominados por um sentimento de fé em seus pupilos.

Logo a nave voa em grande velocidade deixando a cidade de Devin para trás. Enquanto isso, o Créb se sentava num galho acima e via ela indo embora. Mesmo sendo um ser primitivo, o primata entendia o que estava acontecendo, e naquele momento, ele ergue o braço direito e acena com a mão.

E assim, as crianças seguiram rumo a um espaço repleto de surpresas e novos desafios. Todas eram corajosas e estavam prontas para criarem os seus próprios destinos. Além de terem poderes especiais, elas também sentiam uma confiança única em seus corações e uma luz que sempre brilhava mesmo diante da escuridão. Aquilo... era ser um *Starborn*.

PRIMEIRA CONSEQUÊNCIA.

O planeta Nêfas, também conhecido como Terra dos Mortos. Pelas ruas de uma cidade em ruínas, centenas de zumbis perambulavam agonizando. Eles eram atormentados por uma terrível dor e estavam destinados a vagar sem rumo com os seus corpos vazios de almas. O cheiro da morte se espalhava por toda parte.

No topo de uma pirâmide antiga, murmúrios tenebrosos eram escutados em um altar:

Cairo – Ah sim... ela morreu nas mãos de um ditador sem sonhos... maldito filho de Elísios...

O vento levemente agitava as vestes negras do misterioso Cairo, cujo estava sentado e segurando algo escondido em sua mão:

Cairo – Agora, ele viverá perdido na dimensão neutra e jamais encontrará a paz... esse é o destino daqueles que não sabem desfrutar do seu maravilhoso poder ...

Ali, a criatura medonha segurava uma pequena faísca de energia sombria, e mesmo daquele tamanho, ela emitia gritos agonizantes:

Cairo – Não se preocupe... em breve você encontrará as suas irmãs... afinal, esse nosso vasto universo... ainda precisa ser corrigido.

De repente, ele mostra um grande sorriso malicioso sob a escuridão de seu rosto e assim, tudo se apaga numa forte batida.

SEGUNDA CONSEQUÊNCIA.

O silêncio do vácuo profundo, onde as estrelas brilhavam em toda a imensidão do espaço. Em meio aquele vazio, um asteroide vermelho seguia fora de curso após se desgarrar de seu campo orbital. Emanando uma radiação rubra pelos seus arredores, ele flutuava pacificamente por entre as estrelas, mas seu movimento era ameaçador em direção de um novo planeta muito parecido com a Terra, mas que tinha um nome diferente... Zêmi.

MAX
SPACE